Educação da tristeza

CB080151

Valter Hugo Mãe

Educação da tristeza

BIBLIOTECA AZUL

Copyright ©2025, Valter Hugo Mãe e Porto Editora
Copyright © 2025, by Editora Globo S.A.

Todos os direitos reservados. Nenhuma parte desta edição pode ser utilizada ou reproduzida – em qualquer meio ou forma, seja mecânico ou eletrônico, fotocópia, gravação etc. – nem apropriada ou estocada em sistema de banco de dados, sem a expressa autorização da editora.

Por decisão do autor, esta edição mantém a grafia do texto original e não segue o Acordo Ortográfico de Língua Portuguesa (Decreto Legislativo no 54, de 1995). Este livro não pode ser vendido em Portugal.

EDITORA RESPONSÁVEL Amanda Orlando
EDITOR-ASSISTENTE Renan Castro
CAPA Caio Capri
REVISÃO Thamiris Leiroza
DIAGRAMAÇÃO João Motta Jr.

CIP-BRASIL. CATALOGAÇÃO NA PUBLICAÇÃO
SINDICATO NACIONAL DOS EDITORES DE LIVROS, RJ

M16m
Mãe, Valter Hugo, 1971-
Educação da tristeza / Valter Hugo Mãe. - 1. ed. -
Rio de Janeiro : Biblioteca Azul, 2025.
208 p. ; 21cm
ISBN 978-65-5830-240-7
1. Ficção portuguesa. I. Título.
25-98362.0 CDD: p869
CDU: 82-3(469)

Gabriela Faray Ferreira Lopes - Bibliotecária - CRB-7/6643

1ª edição, Biblioteca Azul, 2025 — 1ª reimpressão, 2025

Direitos exclusivos de edição em língua portuguesa,
para o Brasil adquiridos por Editora Globo S.A.
Rua Marquês de Pombal, 25
20.230-240 – Rio de Janeiro – RJ – Brasil
www.globolivros.com.br

para o **Eduardo Lemos**
para a **Isabel Lhano**

Sumário

“Uma pergunta sem possível resposta
não é uma pergunta.”

Antonio Gamoneda

Fazer a alegria

Impressionam-me as pessoas que fazem alegria a partir de quase nada. Gente cuja vida parece não ter generosidade alguma, mas que, ainda assim, manifesta uma gratidão sincera pela oportunidade de existir. Sempre me penitencio por ser rabugento, indisposto, carente ou sonhador, porque muito disso é só falta de noção do privilégio que tenho, da sorte grande que me sai pela coisa simples de poder o que posso. E tanta gente não pode nada.

Este ano vai acabar e espero que feche um ciclo tristíssimo da minha vida. Quero muito que acabe e me deixe só a dignidade de lembrar quem perdi com uma saudade que seja mais e mais festiva. A saudade cresce para ser uma festa em redor de quem amamos. Porque a dor tem de descer para serviços mínimos e nós temos de usar o que existiu como alegria repartida pela eternidade. Nossas pessoas eternas têm de significar alegria porque jamais aceitarei que o meu pai ou o meu sobrinho, a Isabel ou o meu irmão signifiquem tristeza. A morte não lhes pode fazer tão grande injustiça.

Assim, farei alegria. Ainda que use a tristeza, farei a mais limpa alegria. Vêm as festas, a família recolhe-se como se regressada à essência e, por menos que sobre, é fundamental a bravura de alegrar, exactamente porque quem nos falta não pode ser ferido de tristeza. A saudade tem de vir à festa e ser presença que celebra.

Eu, por idade complexa, já quis detestar o Natal. Pelos amuos e pelas sensibilidades extremadas, por ter de andar aos presentes como se fosse tudo de devorar, cansa-me. Mas a idade não pode ser um modo de amargar sem fim. Não vou ser um velho amargo, zangado com tudo, a barafustar acerca de um tempo que se perdeu. Quero ser do tempo que ainda há e prefiro pensar no essencial: a folia das crianças, a saúde de todos e os pinhões. Alguns pinhões fazem mais fortuna do que dinheiro e ouro.

As minhas tias sempre me diziam para rezar. Reza ao teu irmão, ao teu pai, aos teus avós. E eu complicava tudo a pensar em como vale ou não vale a pena rezar aos que partiram. Mas hoje sei que a alegria é a coisa que mais reza. Se Deus existir, nossa alegria haverá de ser aquilo que mais lhe reza. Por ser sinal de gratidão. Eu quero passar as festas grato. Porque ainda há família e a memória da família. Porque ainda há mais tempo para contar acerca de tudo quanto fizemos, fazemos, amámos e continuamos a amar.

Devo gostar muito desta época do ano porque, mesmo com dúvidas, invariavelmente, me dá vontade de começar um livro, pensar no lindo de inventar coisas com a mesma emoção criança com que procurava respostas quando era jovem e tinha tudo por fazer. A alegria, na verdade, já vinha feita só nessa ansiedade. A alegria já estava nessa expectativa que tremia meu corpo inteiro quando me sentava quieto auscultando ideias para um livro que, naquele tempo, não escrevera, não tinha garantia nenhuma de saber escrever. Era o futuro todo um enigma. E esse enigma motivava ao esforço.

Pois, quero estar sempre diante do enigma. E sempre capaz da motivação. Para que a cada instante se faça alegria e essa seja a minha mais abundante retribuição aos que não cessam de me buscar, aos que não cessam de me amar.

Isabel Lhano

Não sei se a morte te deixa imaginar alguma coisa, mas um resto de fé me leva a crer que sim. Preciso disso, para que, à ausência de notícias, possas ainda estar certa de que me fazes tanta falta que nem acredito ter chegado aqui sozinho, como se fosse normal não vires mais à conversa, não saberes o caminho do café.

Estou de cama com a gripe esquisita que agora dá a toda a gente. Passei o inverno incólume, ainda que em multidões constantes, e fui apanhar isto à Croácia, convencido de que a primavera me garantia já a salvação. Mas tu sabes bem que sou das gripes. Se não fossem as vacinas, ia passar meses deitado, como era antigamente.

É a primeira vez que caio de cama desde que estás na morte. E é a primeira vez que me torço à noite, sem haver a quem ligar às três da madrugada com os mesmos hábitos vampiros que tenho eu. Disse-o a alguém, há dias. Que às três da manhã a solidão se pôs insuportável. Porque estavas sempre lá para debatermos a vida. E era assim a normalidade. Agora, a normalidade, o que resta, caduca muito cedo. Talvez às onze da noite já só fique o desamparo da imensa escuridão e a esperança magoada de haver uma manhã por vir de novo.

São as três. O teu silêncio tem o tamanho do meu medo e da tristeza toda.

Estás na morte. Digo que estás na morte porque sinto que é um lugar onde ainda vou chegar, quando descobrir o caminho, entender o mapa. A morte não pode ser aquele monte de cinzas guardado que nos entregaram, como especiarias orientais, um caril escuro que amarga todos os beijos que restam. Onde é a morte, pergunto. Onde é. Para passar por aí, a ver como estás, como fiz quando foste para Coura e não era tão longe que não pudéssemos rir dos bichos a farejar por toda a parte e da porcaria das vespas asiáticas que imitam perfeitos aviões jumbo, cheias de filhos nos bojos para dominar as matas e assassinar a humanidade.

Eu penso que a morte é um lugar por dentro de nós, um território mapeado no caminho interior que todos temos e tememos. Para lá chegar, por semelhança, basta deitar ao sono. Mas revolta-me adormecer porque o sonho mente e eu não procuro ilusões. Estou tão cansado e zangado que não preciso senão da verdade. Respondo nos sonhos com bastante violência. Digo palavrões e estou sempre aos berros para protestar e fazer com que não me amem mais. Essa ideia do amor é muito terrível para corações em luto. Algumas pessoas estão convencidas de que te deitámos à terra, e eu não argumento. Todas as ideias são de uma beleza triste. Para a evidência de não estares aqui, tudo me vale por igual.

Só não vale dizer que és aquelas cinzas que nos devolveram. Não vale dizer que te queimaram.

Existem laranjeiras abundantes. Fumegam suas flores brancas, fogueiam suas laranjas. Fogos redondíssimos como pequenos planetas de lava fresca e doce. E habitam as bocas dos mortos nesses planetas-laranjas, matando também a sede como se mais coisas morressem a cada passo. Não sei se és ainda mulher ou laranja.

Senti que os calafrios eram uma corrente de ar que vinha de sob a pele. Uma abertura pelo corpo todo que deita ao mundo a tempestade. Uma que nasce de mim. Meço a temperatura e quase se nota nada. Tenho mais medo do que dor. Eu não sei estar doente porque qualquer ínfimo adoecimento me desespera e eu sou de vocação para refilar e desistir de tudo. Sou amuado.

Devo estar uma pessoa pior porque amuo. Amuo até diante da beleza. Sei bem das coisas belas, mas ofendem-me mais ainda. Sobretudo as pessoas. As pessoas muito belas e saudáveis, cheias de movimentos e com ar de quem ainda abraça, deixam-me frustrado. Queria muito que, por uns meses, talvez por uns anos, ninguém fosse bonito nem amasse. Devia haver só missas e aulas de jardinagem. Coisas das revistas domésticas dos anos de 1940. A humanidade inteira em modo imaculado, penitenciada por acontecer a tua morte. Estou meio contra tudo aquilo de que sabes que sou a favor. Só de maldade. Não posso abdicar de uma maldade pequena para me vingar disto. Estou sempre a espirrar, os pulmões inflam como balões, parecem acender, como nos poemas do Jorge Melícias, e gemo igual aos cães. Estou desumano de raiva e cansaço. A tua morte faz-me bicho e cansa-me. Estou farto. Por vezes, zangado contigo. Foste sempre à pressa. A falar em cima dos outros, a despachar os teus interesses, a mandar vir, a refilar. A comer. Comias como se te mexessem no prato. Quase tomavas dois garfos. Eras intensa e num abismo. Não paravas de cair. Depois, virávamos a noite e, quando abria a primeira luz, tínhamos vergonha. Que nojo, aquela luzinha fresca a derreter nossos negrumes. Nossas armaduras vampiras, o som do rock ainda nos ouvidos. Que nojo, as mortes das noites. Quando regressávamos a casa a dizer só palavrões e já também sem sentido. E tu sempre à pressa. Dizias: baby, quero ver-te com cinquenta anos a dançar o que eu dancei. Mas eu nunca dancei. Era preciso que acertassem nos Sonic Youth para que eu abanasse além de uma troca de pescoço da esquerda para a direita. Eu queria tanto ter sido mais feliz. Mas não sabia sê-lo. Tu sabias. Por isso é que tantas vezes te tornavas insuportável. Em velocidade. Ias de cabeça vermelha, fogo autêntico, a incendiar o mundo. Até o polícia se assustou naquela manhã em que se espantava por eu não beber e hesitava deixar-me seguir porque todos no carro iam bêbados e tu gritavas: ó policinha, esse gajo é um santo. Vai-te embora, ó policinha. Esse gajo é um santo e está a ver se nos desvia do inferno. Depois, despenteavas o cabelo pela janela fora e era ainda pouca a claridade, mas dava a impressão de te incandescerem os gestos, pequenos fogos que se deitavam ao chão. O polícia não entendeu nada. Pensou que eu seria como um taxista, mandado a serviço para vos buscar à desgraça acautelada da noite. Não acreditou que um tipo pudesse ser pós-apocalíptico, pós-gótico, punk articulado, sustentado a água natural sem gás.

Penso agora que foste a única pessoa no mundo que nunca me incentivou a beber ou a fumar. Havia em ti uma paz sincera em relação ao meu jeito desintoxicado. De todo o modo, sabias que eu comia demasiado açúcar e estava invariavelmente com a cabeça num poema. Não me assistia convenção alguma. Era o suficiente para ser tão bizarro quanto todos e para me destruir com lentidão, fosse por não querer mais saber, fosse por ternura em demasia.

Acabaram as noites longas. Fico pela terra. Já não vou ao Porto a altas horas, onde o corpo se gasta com violência. Mas o Ramiro agora está muito de férias. Vivo a queixar-me. O café chega a fechar quinze dias seguidos. A culpa é do amor pela Maria José. Apaixonou-se e agora quer fazer praia. A verdade é que o café fecha muito e nós ficamos como gatos vadios sem canto. Não consigo ser feliz num café qualquer. Quero a nossa mesa, a minha cadeira. Estou velho o bastante para odiar que me impeçam as rotinas. E a felicidade do Ramiro e da Maria José, sendo tão legítima e merecida, atrapalha-me a estabilidade, deixa-me mais carente.

O Castiço pintou o teu retrato. A ideia é que fique em alguma parede. Mas é cedo para que te vejam ali sem que sejas tu de verdade. Eu, de outro modo, posso bem ver-te. Dá-me um pasmo qualquer, não sei. É como ver uma figura inevitável. Nem de olhos fechados cesso de te ter diante de mim. Que importa se há o retrato ou não. Mas é verdade que algumas pessoas choram. Parece mesmo a missa. Ficam a fazer contas por dentro, meditam, devem fazer orações. Tu ias odiar. É um velório. Ao invés de se rirem, as pessoas choram. Eu já avisei que à minha morte quero que as pessoas se riam. Disse-o em várias apresentações do meu livro. Se souberem que morri, alegrem-se. Deixo-vos o conforto de estarem certos de que considero que a vida me deu muito mais do que esperei. Sou um privilegiado. Vi metade do mundo. Fui e sou muito amado. Desejo a todos um tanto do que tenho ou tive. Por mais difícil, vale a pena. Valeu a pena. Assim, não se entristeçam. Celebrem. Se morrer, ficarei a salvo por fim. Espero alegria e espero que se amem mais uns aos outros, que é o que nos justifica a cada instante. Mas não me façam velórios, dramas deprimentes, não quero flores cortadas, mortas. Eu odeio o cheiro das flores, faz-me doer a cabeça. E sofro com perfumes. Tanta gente se perfumou para me vir dar um abraço e lamentar que tu foste embora.

Algumas pessoas avisavam: ele não gosta de abraços. Eu não gosto que me agarrem, que me toquem na cabeça, que me apertem, me retenham, detenham, demorem, falem alto, cheirem. Eu não suporto como se perfumam algumas pessoas a exalar para uma sala inteira. Sinto náuseas. E quem fez questão de me abraçar deixou a minha roupa impregnada e eu fui aumentando minhas dores de cabeça até ser inferno por toda a parte. E havia sempre quem avisasse: ele não gosta de abraços. E alguém me abraçava assim mesmo, como se fizesse excepção pelo tamanho da tristeza. Parece o estupro de alguém inconsciente. Não vai saber. Não vai sentir mais nada. Está cada vez mais ao abandono em sua profunda dor.

Eu avisei para não trazerem flores decepadas. Melhor que trouxessem vasos, plantas vivas ainda com mais para viverem. De todo o modo, ficou aquele cheiro de velório no ar. A filha da mãe da alfazema, que deve ser o cheiro mais nojento do mundo, feito de um lavadinho enjoativo que sempre me faz ver os mortos estendidos em caixões. E as florinhas ficaram ali de cabeças ao ar e toda a gente suspirava e queria soluções, mas a morte não dá solução a ninguém. É uma merda na qual se afunda sem mais sentido do que esse mesmo, o de afundar. E eu estive em conversas, apaziguando estes e aqueles, e também me apeteceu barafustar. O que farias tu: baby, já fui muito tramada por aí. Mais vale que falemos à mesa do café, a pedir *erdingers* e a verificar como só as raparigas têm bom gosto. Os rapazes andam pelas ruas da amargura. São destituídos.

No café, agora, são todos pouco binários. O povo novo é ainda mais esquisito do que nós. Não entendo ninguém. Parece-me que só ouvem porcarias de embalar, isso continua a desgostar-me, mas adoro que o desuso da binariedade se revele numa certa movida punk. No nosso tempo, éramos punks e dormíamos uns com os outros sem perguntar muita coisa nem confessar. Agora, parece que se comem menos e quando o fazem metem requerimento para usos e costumes. Solicitam pronomes e devem anotar procedimentos. Talvez estipulem tempos, melhores lados, feng shuis galegos, lençóis de padrão tigre, palavras de segurança quando lhes falta o ar. Algemas. Eu estou convencido de que o povo novo usa muitas algemas. No nosso tempo, oferecíamos aquelas de pelúcia, mas era para brincar. Não sei de ninguém que tenha tido tesão com aquilo. De todo o modo, aos olhos, o povo novo é uma maravilha. São como aves, cheios de coisas extras, merdinhas ao dependuro, malhas, rendas, transparências ou cabelos estragados com tinta de parede. Adoro. Adoro que não se permitam entender nem se expliquem. Lembras-te de combinar contigo que queria fazer um guiché de admissão no café para submeter cada pessoa a um inquérito rigoroso. Faltas-me tu para me apoiares, porque já o disse ao Ramiro e à Maria José e não creio que me levem a sério. Nós, como os velhos do lugar, detentores da memória e responsáveis por tanta alegria ali passada, devíamos ter ao menos o direito de fazer a ficha de cada um e cada uma. Policiar aquilo tudo, tipo inspectores e bufos, só para criar agitação e conhecimento. Estou muito de acordo que venham ao nosso café, e mais ainda quando se trata de um povo esquisito. Mas podemos correr perigo de morte, podemos não estar atentos a sinais psicóticos e assassinos, furiosos, pervertidos ou até capadores, que nos escapam observando desde a nossa mesa. Assim, o Ramiro devia impor que o povo novo fosse chamado para uma entrevista comigo. Claro, comigo, que nunca bebi álcool e sou o mais lúcido dos clientes. E eu perguntaria aos pouco binários que é das suas vidas. O que pensam, contra que fascistas são, onde compram os anéis, porque é que andam com os pés para dentro e os olhos no chão. Aproveitaria para os mandar ouvir Mão Morta e dava-lhes até uma moeda para juntarem ao preço de um livro. A última juventude que pegou num livro foi a dos pacotinhos. Os pacotinhos, hoje, são médicos. Imagina. Até me custa acreditar. Eram tão mocinhos, todos ajeitadinhos aos beijos, a começar tudo como florinhas de perfume leve, e depois separaram-se e já cresceram tanto que ainda me vão ver o fígado no Hospital Pedro Hispano. Até os pacotinhos cresceram. Já quase não falta crescer ninguém. Ou eu é que só consigo ver a velhice.

Passou um moço com uma renda e uma espécie d saia. Viam-se-lhe os mamilos, iguaizinhos a botões de uma aparelhagem de som. Deviam servir para subir e descer o volume, eventualmente calibrar os baixos. Tinha o cabelo verde escorrido para os pés. Alguma coisa desolada se traduz no seu jeito. Eu adoro gente de estilo desolado por opção. Gente com uma depressão que anima, como diz a canção. Como estou de barba branca, uma aberração que dá até numa geração que foi feita só de vanguardas, a mocidade não olha para mim e não me explica nada. Depois, alguém problematizava a ambiguidade do povo novo perguntando: quem come. Era a pergunta. Quem come uma pessoa atravessada entre o que alude a um homem e uma mulher. As tradições são entusiastas da diferença entre homem e mulher. O futuro começa a fazer saber que as convenções antigas estão sem préstimo. Além do que a biologia decide, tudo o resto é cultura e a cultura tem de ser liberdade. Como alguém insistia em saber quem come, eu disse: todos comem. Se é no meio do muro, todos vão comer um bocado até que entendam que podem comer tudo. Estou sem paciência. Como me mantenho tímido e tu não estás para ir buscar abraços e números de telefone, os engates diminuíram e não sei o nome de ninguém. Falta-nos a força bruta. Só restamos os lingrinhas.

Houve uns temporais bravos. Umas inundações e tudo. O vento vinha à minha janela como um bicho. Às três da manhã, sem te poder ligar, eu quase me convenci de que eras por ali a bater de encontro às paredes como se continuasses a pedir socorro. Eu sei que agora só te temos em cinzas, mas não cesso de esperar que voltes de algum modo, como quando senti o quadro do Albuquerque Mendes a ser puxado para trás. Foi tão estranho. Saí da homenagem que te fizeram, trazia o quadro que a Fátima Carvalho me deu e alguém mo puxou claramente. Era uma brincadeira. Senti. Algo divertido. Mas não havia ninguém na rua. Eu estava sozinho. Carregava o pequeno quadro e seguia na minha tristeza a pensar, inevitavelmente, que melhor seria que morressem gatinhos em toda a parte, e o quadro levou um puxão. Uma força lhe deu que me obrigou a parar. Achei que seria a Laidinha, porque ela estivera à conversa comigo. Ou a

Serafina. Mas não havia ali ninguém. Passei a pensar que foste tu. Estavas ali de fantasma, como nos filmes. Perguntei: e se a Isabel agora for um fantasma. Seria magnífico. A simples certeza de te saber algures, como quando desaparecias no Maus Hábitos, a passar de umas salas para as outras, a pedir cervejas e a estender as horas, quando eu queria tanto vir embora para levantar cedo e trabalhar nas minhas coisas, essa simples certeza seria perfeita.

Tu sabes que eu anseio por mudanças de vida, tempos de maravilha novos, com mais mundo. Contudo, o mundo começou por diminuir com a tua morte. Ficou do tamanho de um punho fechado, sobretudo batendo duro de encontro ao peito. Depois, lentamente, foi abrindo e virou infinidade. Muito mais mundo porque agora não há caminho para ti por ser tudo tão à distância. És a pura lonjura. Estás para lá de Paredes de Coura, para lá do segredo de Paredes de Coura, daquela clausura, do confinamento da pandemia. Estás depois de qualquer lugar e qualquer ideia que antes nos tenha servido de refúgio.

Tenho a impressão de que preciso de sair daqui. Sair de onde estou. Deixar o perímetro de Vila do Conde. Fugir. Há tempos, confessava que sou, afinal, à procura da minha origem. Nasci em Angola, meus pais são de Guimarães, passei a infância em Paços de Ferreira, parti ao meio o meu coração com o Brasil, estou há quarenta anos em Vila do

Conde, minha casa é em Barcelos, o sonho de meus pais era viver na Póvoa de Varzim, e eu julguei que o sentido de tudo estaria no Porto. Adoraria passar um tempo longo na Islândia, em Paris, em Teerão, em Jerusalém, no Rio de Janeiro, em São Paulo, em Salvador, em Paredes de Coura.

Quando era pequeno, a família vinha para a Póvoa de Varzim aos fins-de-semana. Chegar à Póvoa era como chegar à terra da felicidade. Havia férias e praia. Não havia uso de tristeza. Eu pensava que as outras terras existiam para a tristeza, para o trabalho e para a escola, para ter sarampo e varicela, gripes, pessoas más. A gente vinha no carro lento e eu esperava encontrar a placa que dissesse que ali já era a Póvoa. E via as casas quietas pelo caminho, pensando: triste, casa triste, triste, lugar triste, terra triste, muito triste. Depois, subitamente, assim que terminava Vila do Conde, eu dizia: a terra feliz. Era a Póvoa de Varzim. Em Vila do Conde, sofre-se. Até me irrita que me venham falar da beleza aristocrática da cidade, o engalanado das suas ruas. Só sublinha o quanto me magoa. O quanto parece desimportar-se com o terrível que vai nas vidas das pessoas.

Tenho saudades do meu pai, mesmo que ele não fosse de conversas. Porque tenho saudades de estarmos todos vivos e juntos e de isto ser a começar e não haver garantia nenhuma, mas também não haver fim. Eu não ia ser nada de nada. Ia trabalhar nas obras a carregar baldes de areia. Pensei nisso mil vezes e quase me afeiçoei à ideia. Julguei que casaria com uma moça que me berraria noite e dia, faríamos os almoços de domingo na casa da sua mãe, escutaria como se haveria de queixar de minha lentidão e alma poética, eu ia viciar-me em cerveja, acabaria por cair da obra, despencando de um quinto andar a ver ao longe o mar, talvez os prédios altos da Póvoa onde a minha alma secaria como roupa num varal para a eternidade. Pouco importa. O tamanho da vida está todo dentro do amor. Se amarmos, somos extensos, infinitos. Se não amarmos, recolhemos como bocadinhos de poeira sem sentido, sem valor. Queria ser da Póvoa de Varzim porque queria que estivéssemos todos vivos, convencidos de um destino em companhia, e que houvesse lugar apenas para a alegria.

Penso que a única ideia que tenho de voltar para casa é a de voltar para junto da minha mãe. Um dia que a minha mãe não esteja, ficarei desabrigado para sempre. Não terei como ir embora. Não haverá nada que cubra meu corpo. Estarei para sempre na rua, deitado ao mundo como jogado fora.

Estou perto de chegar à idade adulta. Conversei muito contigo sobre aquele artigo americano. Os homens são adultos aos cinquenta e quatro anos de idade. Eu guardo esperança nesse prazo que conta. Porque sinto que nada em mim me prepara para a adultez. Sou um catraio. Fico ao abandono em cada instante. Não tenho valentia para quase nada. Se um dia for viver para a Póvoa de Varzim, eu vou levantar o orgulho que a minha mãe sente de passear por ali e contar que o fazia desde pequenina, com as irmãs, felizes pelo fidalgo de terem férias, mudadas por meses para a praia a ver se melhoravam os pulmões salvos dos invernos horríveis de outrora. Julgo que serei adulto quando souber onde montar a minha última casa. A mostrar como o sonho dos meus pais me educou para a felicidade e eu não fiz senão escolher a felicidade. Nem que não volte a rir.

Mas tenho rido. Fui trabalhar a Lisboa acompanhado do Pedro Colaço. Entre falarmos de mulheres e falarmos de livros e mais sushi e nervos, chegámos aflitos para urinar e corremos naquelas galerias onde fica a Fnac do Chiado. Havia fila. Esperámos. Vagaram dois lugares quase ao mesmo tempo. Precipitámo-nos ambos e urinámos. Por um instante, eu não entendi nada. Subitamente, o Pedro fazia um barulho que parecia esganar um gato. Era de uma chinfrineira urgente que aquilo só se justifica por ser um jovem de trinta anos. Aos cinquenta e dois anos de idade eu faço com elegância. Poderia ser usado em publicidades de televisão. Eu ainda lhe perguntei se ele tinha um bicho nas cuecas. Tínhamos vindo de carro por horas, se houvesse ali um gato haveria de estar furioso e nauseado. Foi o último ataque de riso que tive. E eu não queria rir tanto, porque a minha vida anda uma porcaria gigante e eu não penso que mereça graça. Mas não aguentei. Sucumbi. Ri. Depois, fui secretamente a remoer como se te tivesse traído. Com vergonha do teu fantasma, que poderia estar por ali a espiar, até a ver-me entre pernas, sem que eu possa esconder-me. Se for como nos filmes, os mortos veem através das paredes, veem de costas, são umas fumaças que entram em toda a parte. Os vivos ficam à mercê. Expostos como sempre nus. Como comida para devorar. Eu queria tanto ter-te contado que o Pedro Colaço a mijar parece esganar gatos que chorei quieto, mais tarde, no hotel, enquanto ria de saber que ias rir também. Depois, ias tossir. Ias mandar-me calar porque te ia doer a barriga e ias querer piedade.

Nós, que sobrevivemos na ingenuidade, atarefados com salvar cada dia, tão ternos a pensar em pequenas felicidades, sempre carentes, devemos ser a comédia fulgurante dos mortos, que estarão debruçados aqui para baixo à escuta, rindo certamente do que dizemos de burro e equivocado. Que verás tu. Como tenho o quarto desarrumado, onde tenho os teus quadros, alguns embalados porque não me sobram paredes, alguns em tanta vizinhança. Tu odeias paredes cheias. Tens a mania da respiração. Mas eu sou barroco, sou um maximalista, acumulador, atrapalhado e até desesperado. Gosto da aflição de quase nem caber na casa.

Ando sem caber em lugar algum.

Estive a debater com o Nélio Paulo a estranheza de redobrar a impressão de ser vigiado. Contigo na morte, a ideia de ser visto aumenta, porque não posso conceber que te esqueças dos hábitos e não me acompanhes por graça, vício, raiva ou saudade. O Nélio Paulo, tu sabes, é distraído. Ele não daria conta se a Virgem Maria lhe aparecesse a espichar raios laser, a faiscar arcos-íris pelas orelhas, toda igual ao sol preparada para dizer segredos e fazer milagres. Se a Virgem Maria aparecer ao Nélio Paulo, ele vai perguntar-lhe as horas e agradecer. Vai ser o vidente menos atento da história. E vai beber o seu café em paz, sem necessidade da transcendência para ser feliz e sorrir. Por outro lado, eu cato sinais. Estou tísico de ficar atento. Se alguma coisa milagrar, eu vou ver. Eu vou ver o mais ínfimo milagre. Não desperdiçarei nada. A Virgem Maria, comigo, poderia economizar nas luminárias. Eu estou convencido de que a reconheceria numa ínfima cintilação do olhar. Assim como te reconheceria na mais estranha manifestação possível. Qualquer coisa que uses para me falar, eu saberei. Sei que estás na morte, mas isso jamais me impedirá de te esperar.

A comoção das pedras

Sonhei que estava casado com uma mulher que cuidava dos nossos filhos enquanto eu cozinhava algo complicado nas labaredas de um fogão. Não me era estranho estar casado e com filhos, era-me quase insuportável que ainda usasse um fogão a gás e eu tentava entender o que haveria de ter acontecido à placa eléctrica que tinha quase a certeza de haver comprado.

Os filhos, que talvez fossem muitos, porque iam e vinham e eram sempre outros, perguntavam o que seria o jantar, e eu julgo que dizia tantas coisas diferentes que cada colherada haveria de servir-se ao gosto de cada fome. Era uma panela mágica, uma que imaginava receitas infinitas para a gula de cada um e inventava tudo no instante de abeirar o prato.

Depois, estava sol intenso e comentávamos que era tão bom o verão, com seus dias longuíssimos, festas grandes que teimavam em não acabar. Havia uma janela maior, bem maior do que até a porta da nossa cozinha, e os vizinhos eram muito à distância e tinham crescido árvores de fruto que ainda amadureciam, prometiam peras e anonas. Eu estava à espera das anonas. Um dos filhos perguntava: pai, é verdade que são como pedras que se comovem de um segundo para o outro.

As anonas amadurecem de súbito. São pedras que amolecem num instante qualquer, sem outra razão senão a de desistirem da condição severa da pedra. Adoçam. Subitamente, são o mais delicado fruto. Eu respondi: é. Comovem-se.

A nossa casa era às cores e a minha mulher mudava de vestido a cada parede. No fundo turquesa da cozinha, ela usava vermelho. No fundo salmão da sala, ela usava azul-escuro. Nas portas cor-de-rosa, ela estava sempre de amarelo. Eu reparava sobretudo no jeito como buscava o meu olhar, para garantir que nos amávamos sem limite. E eu vigiava o fogo e reparava em como era bela e sabia manter os filhos calmos, como se cultos na infância, felizes, mas pacientes e colaboradores. Ela perguntou: o que bebemos. E eu disse: abrimos um Barca Velha. Celebremos esta abundância. A família abundante, o verão abundante, e todos quantos desistem de ser uma pedra.

A primeira colher foi para os gatos. Eu pedi: leva este prato aos bichos lá fora, que eles não cozinham, só enfeitam os muros e os campos. Depois, a um segundo filho, eu pedi: leva este prato aos vizinhos, que eles estavam a cheirar das varandas, a aguar, entusiasmados.

A um terceiro filho, eu disse: leva este prato a S. Bento, que ele vai dar-nos um milagre, porque tudo por aqui já é um milagre, não vês. Perguntei: não vês. Ele respondeu: vou, sim, pai. Vejo bem. Fiquei feliz. Busquei um quarto prato e pedi a um quarto filho: leva para a nossa mesa, vai chegar para todos. Sobre a porcelana limpa pousou um livro. Da colher desceu um livro. Eu sorri. Escrevera aquele livro lenta e delicadamente. Sanaria nossa fome. Estaríamos sempre bem. Vi a mesa assim posta e os filhos sentavam aos pares e eram tantos que a minha mulher, também feliz, chamava: apaga o fogo. Anda. Fizeste tudo o que tinhas a fazer. Comovi.

Cada um comeu umas páginas. Talvez um capítulo inteiro. Eu estava feliz com ter uma família assim. Uma família qualquer.

Educação do milagre

Pedi a São Bento que me desse a morte na vez da sentença do meu sobrinho. Pedi que me trocasse no destino, que me negociasse nas contabilidades de Deus de modo a fazer valer a minha alma pela do nosso menino. Pedi, mas pensei depois que sou arrogante, por querer que considere um velho casmurro e falho, como eu, para valer por uma criança sem culpa.

Deus usa as crianças para anjos e os velhos pecadores para enxotarem o vento do chão. Exactamente como se faz a espantalhar os pombos que debicam as plantações. As crianças mortas, de vento nas asas, passam radiantes a levar notícias. Os velhos pecadores, com os braços abaixo e acima sem parar, moem os ossos e escutam nada. Por inferno, nunca mais sabem de notícia alguma.

Ainda assim, eu diria sem parar o nome da nossa criança e saberia que minha condenação era por felicidade. Era por milagre. Se Deus me desse a morte para salvar nossa criança, minha morte seria um milagre, essa dádiva sem tamanho. Eu, com os braços abaixo e acima sem parar, haveria de sorrir. Minha prece seria um nome e essa memória.

Penso que apenas a virtude haveria de educar o milagre. Não tenho. Menti, já odiei, já fugi quando era de ficar, fui egoísta, cansei-me de pessoas, e tantas vezes dormi como absolutamente justo. Educaria milagre nenhum. Sou imprestável para salvar a alma de alguém, inclusive a que me sobra e que sinto gastar incauto e sem regresso. Pago a alma por qualquer bocado de afecto, por qualquer bocado de atenção, porque o destino é todo ao abandono até para os que têm sorte.

As vidas dos santos são horríveis. Não contam alegrias, apenas martírios e tanta injustiça. Talvez os santos sejam os injustiçados, coisa que dá à multidão. Eu não prevejo santidade, ainda que me angustie o modo como nos desumanizamos por leviandade, até por folia. Mas eu fui pedir a São Bento e olhei para diante dos meus dias e apaziguei-me com a partida.

Gostaria de destruir as cartas que escrevi a mim mesmo em viagem. Gostaria de queimar também um tanto de cadernos e desenhos, um infindo apontamento hesitante que sonha algum livro ou outra vida. Para morrer, eu gostaria de aliviar meus pertences, que são demasiados e me solicitam destino quando quero escolher livremente por onde ir. Pensei que alguns poucos meses bastariam para cuidar da morte, recebê-la como uma arte, sem sobressalto e sem frustração.

Com isso, o meu sobrinho haverá de sarar por completo, mandado à vida sem mais sentença senão a imprecisa, distante, que todos sabemos ter à espera.

Obras

Ter a casa em obras é como estar de cirurgia à felicidade. Sabemos bem como vai ser bom mais tarde, mas adiamos tudo o que pudermos, a vida inteira parece imprestável enquanto não virmos as coisas limpas, postas em silêncio, e voltarmos a colocar a mobília com nossos cacos afectivos no lugar.

Enquanto isto for de buracos em toda a parte, canos mudados e poeiras pelas tripas das pedras adentro, a casa é o horror. O ruído é o horror. Até o rádio que os senhores ligam, a passar aquele baile popular constante, uns tipos a falar das mulheres dos outros, de passar a noite a fazer sexo ou a ir de comboio não sei para onde, é um tormento à minha esperança.

As casas, por mais perenes e passíveis de acolher quenquer, são substancialmente seres de relação íntima. No meu caso, tendencialmente monogâmicas, feitas para pensarem só em mim, cheias de mimos para comigo, como se apaixonadas intensamente pela pessoa que sou. Em tempo de obras, por outro lado, há uma promiscuidade, uma partilha inelutável e sem pudores, que me encorna um bocadinho e me angustia sem fim. Estou, por isso, a contar os minutinhos todos para que terminem de esburacar para meter canos novos, azulejos, o pladur, o tecto com a mania, a bendita cozinha, o chão que se lava só dos nervos. Estou a contar minutinhos e a envelhecer impiedosamente. É o que sinto.

A gata vadia que vem por aqui a pedinchar enrola-se nos homens e, se puder, sobe à banca onde guardo o saco com comida e rouba com toda a honestidade possível. A Picasso não é de manigâncias. A fome fá-la transparente e dá-lhe direitos. Julgo que é uma gata bela e lúcida. O Mosquitinhos anda a chamar pelo Caravaggio, o crianço medroso que se vai aproximando porque tem mesmo de sobreviver. Os homens da obra, de martelos na mão, abreviam os gatos para que isto não seja o dia inteiro de festinhas.

Acabo de decidir que a oliveira é um estardalho no lugar errado. Caem as azeitonas pelas escadas acima e apodrecem por ali como caganitas de coelho que ninguém quer. Vou na ciência de podar severamente a oliveira porque é da natureza tolerarem as podas mais agressivas. Além de alojar mil aranhas e metermos a cara nesses véus ao passar um nico por debaixo, a oliveira nem dá um fruto de jeito. Dá assim uma coisa pequena que é mais uma porcaria mandada embora e menos uma fortuna alimentar.

Fico por ali. Como não posso com o meticuloso das obras, dá-me fanicos ver aquilo bocadinho a bocadinho, estou mais pelo jardim a atazanar o sossego das plantas, que devem comentar entre elas o azar de eu não ter cultura botânica nenhuma e tudo me parecer melhor para umas esculturas, umas figuras vidradas da Júlia e do António Ramalho. Algo que enfeite a rua como uma casa de bonecas aberta, completa. Uma rua para passearem as bonecas e, naturalmente, as pessoas felizes. As que brincam, as que ainda sonham.

Ouvir o pai

Sobretudo nos primeiros dias, mas também ainda nos primeiros meses e anos depois da morte do meu pai, era comum acontecerem pequenas epifanias em que me esquecia do horror e algo fazia pensar que o encontraria, poderia ainda falar-lhe, porque a normalidade era sempre essa: a de ele estar vivo. Com os anos, agora mais de vinte anos passados, foi acabando essa ilusão e o desaparecimento do meu pai sedimentou e reclamou, então, a normalidade. Contudo, há dias, acordando de minhas noites de apneias e pressas, voltei a esquecer e acreditei, por instantes, que o meu pai estaria algures já acordado também, e eu haveria de lhe perguntar sobre meus assuntos e até reclamar do mundo diante do seu ar ambíguo.

Por um instante, para mim, o meu pai voltou a estar vivo para, subitamente, lidar de novo com a notícia da sua morte. Não é o mesmo que haver consciência da morte. É um pequeno novo luto que se guarda para essa nova perda. Quando acontece, morre outra vez e experimentamos, no dia, uma perda que se vasculha em nossa capacidade de perder ainda mais, e humilha exactamente por isso, porque temos a capacidade de perder ainda mais. Como se não bastasse. Não bastassem mais de vinte anos de ausência.

Tenho a idade que ele tinha quando ficou doente. Sinto que é inevitável medir o tempo como se fosse inevitável comparar a sua vida com a minha. Por causa disso, estou um pouco no seu lugar. Um lugar, por definição, algo invertido e que deveria significar que não preciso mais dele, sou como ele, deveria saber o que ele sabia, não ter senão juízo e responsabilidade diante de mim. Mas isso não é verdade. Comparar as nossas vidas só serve para reiterar o meu lugar de filho, o seu lugar de pai e o quanto há de abandono na evidência de um faltar. Assim, julgo que invento modos de imaginar a sua presença. Uma função para os dias de hoje, mesmo tanto depois de tudo. Os pais precisam sempre de ter função e os filhos vão, invariavelmente, buscá-los a seu favor, colocados como escudos contra as investidas do mundo.

Um pai morto tem ainda muita serventia. Pode ser tão intenso que interfere com tudo.

É verdade que avança o tempo e sinto-me perder o resto de menino a que me agarrei. De todo o modo, não sem resistência e, mais ainda, sem a perplexa tristeza de ter de ser assim. Quase acreditei que não perderia jamais a condição esperançada dos mais novos. Mas há algo no corpo que se limita, algo que afunila para nos obrigar a um gesto cada vez mais curto, mais inibido, mais arriscado, que nos explica que tudo nos pede outra distância, muito menor propriedade, menor segurança. Com isso, a vida aprende a intensidade, de facto, e treina a importância imaterial. Aquilo que não há ou há na ideia e na emoção. Um jeito de construirmos Deus na nossa própria escuridão.

A Senhora Luísa

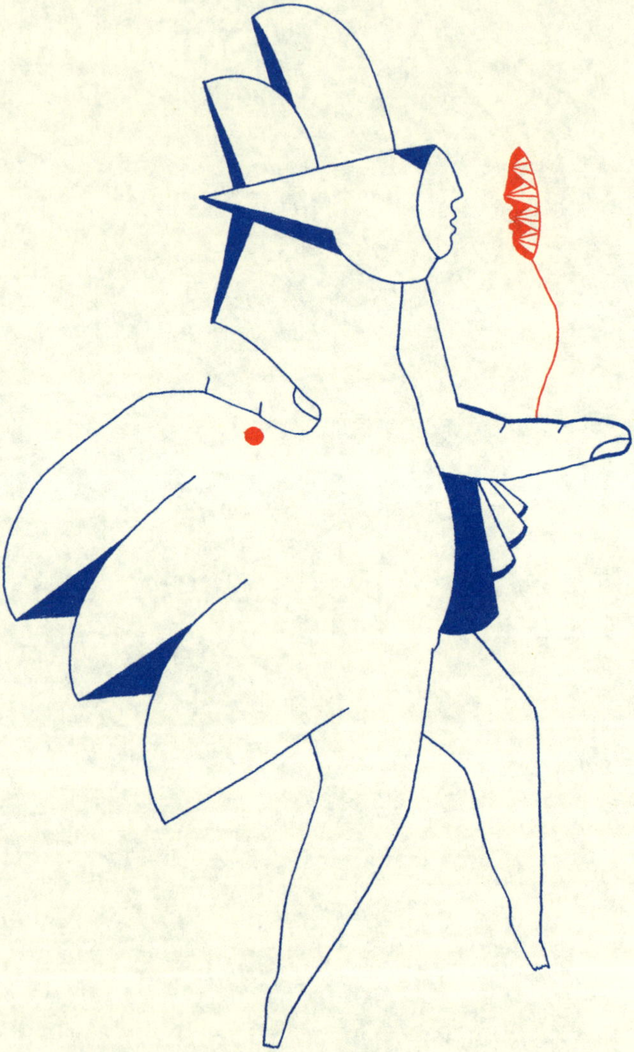

A Literatura acontece em todos os sentidos e não se inibe perante verdades ou mentiras. Usa tudo, como alarve sem limites senão os da sua própria imaginação, a vontade de se instalar como substituta absoluta da vida. Por vezes, a Literatura tange a vida como se até nós nos confundíssemos, baralhados entre o que é verdade e o que parece verdade, seguindo por vias paralelas, permitindo viver numa fantasia cujo aparato nos apetece ou mais conforta.

No dia em que o meu novo romance chegou às livrarias, partiu a Senhora Luísa Reis Abreu, a quem dediquei o livro, mulher amiga que me levou a inventar aquela história e, mais do que isso, a criar a impressão que constrói o clima, a maravilha que busquei ao contar o que contei. A Senhora Luísa, mãe de meus amigos, uma mulher da Madeira, sempre me convenceu de que saber era caminhar para o silêncio, uma aceitação circunspecta da queda. A fé com que viveu, a fé na transcendência, quero dizer, era-lhe uma prática franca, sem resistência e sem folclore. Não fazia notícia. Exercia em sua frontalidade, que era como acreditar sem hesitação nem vergonha. Para mim, aparecia uma beleza gigante na sua conduta, porque seguia impávida e incólume às dúvidas dos demais. Era diante do mistério de Deus como se de verdade O pudesse ver adiante. Como se O visse e não necessitasse de qualquer outra prova.

A Senhora Luísa era de boa-fé e eu penso que a santidade devia ser aferida deste modo, através da verificação da boa-fé. Certos ou errados, santos haveriam de ser aqueles cujos gestos nunca quiseram o mal. Santos haveriam de ser aqueles cujo golpe veio apenas do tormento, da perturbação do corpo, do modo como se acaba em desamparo pela cabeça, morrendo muito antes de se deter o coração.

No meu livro, a Senhora Luísa está como eu a via, aquela que poderia educar o próprio Deus, aquela em que Deus deixaria a prova dos milagres, a virtude acertaria por seus mandos como os relógios acertariam, pela passagem do sol, as voltas do planeta. No meu livro, de algum modo, a Senhora Luísa, como um pouco todas as mães, estará para sempre, personagem de fortuna infinita e esplendorosa, e não cessará a sua tarefa discreta, humilde, mas fundamental: a de exercer a boa-fé. Exemplo lindo do sagrado.

As personagens, ao contrário de cada um de nós, não morrem. Têm uma cidadania desimportada com essa coisa cansativa e traiçoeira que é o corpo. As personagens trazem essa alegria. A de repetirem a vida para sempre. Porque algumas vidas são sentidos bravos, lúcidos, nos caminhos dos outros. A Senhora Luísa era lucidez, e para sempre.

Fantasmas

Pus-me a ver uma série documental acerca de casas assombradas e, mesmo estando certo de que tudo o que ali vai é manipulação para enganar o crédulo, não pude deixar de adormecer cheio de ideias medricas e suspeitas em relação ao silêncio e à escuridão.

Até hoje, conheci muita gente que contou com honestidade seus episódios sem explicação, mas nunca encontrei alguém que me parecesse credível no exercício da mediunidade. Tenho tido a impressão de que os médiuns que aparecem podem até ser feitos de muita ternura, mas quase sempre se sustentam numa vontade descontrolada de chamar atenção ou ganhar dinheiro. Assim, colecciono com curiosidade as bizarrias das pessoas comuns, mas não me convenço de que existe alguém capaz de ver ou escutar espíritos e, por isso, capaz de provar que a vida segue para depois da morte.

Uma vez, disseram-me que a minha atenção ao tema é a expectativa de que algum dia os mortos me respondam, ainda que eu nem dê conta de estar a fazer uma pergunta. Talvez a atenção poética com que podemos viver seja uma auscultação ao território que haveria de ser o de um Deus. Não estou certo de ser esse o ponto. Muita coisa se pôs inexplicável na minha vida e aceito isso, mas claro que tenho curiosidade e tendência para pensar que há uma inteligência no que aparenta ser sem alma. Talvez seja apenas o destino dos corpos, algo da condição orgânica e da imaginação da natureza.

Sonhei que havia mortos pela casa observando o meu sono, à espera. Sonhei que tinha de lhes falar e que vinham de muitas épocas. Quinhentos anos de mortos que se distinguiam uns dos outros pelo aperaltado e se assemelhavam no silêncio e na sabedoria. Os mortos devem saber todos a mesma coisa. Serão eruditos. Senti no sonho, e sonhei muitas vezes com isso pela vida fora.

Na televisão, a série que passou gravou vozes e tudo. E os especialistas bravos ficavam, afinal, cheios de medo de qualquer suposta manifestação espiritual. Que trafulhice. Vivemos num tempo em que nada precisa de ser verdadeiro. Estamos soterrados na mentira e na especulação, e, de algum modo, aceitamos que essa será a normalidade. Tenho saudades da ciência de programas antigos, que perguntavam sem fazer demasiado teatro. Perguntavam diante do enigma e lidavam como gente adulta com o que o enigma oferecia de resposta. Hoje, tenho a impressão de que tudo sucumbe ao disfarce.

Tudo se prejudica pelo aparato da mentira que já ninguém acusa. Não sei nem como, neste contexto, haveria eu de passar uma noite inteira em sono de fogo, ardendo no purgatório sinistro dos mortos da minha velha casa.

A ideia da morte

Há no meu quarto um druida gigante, um espectro igual à morte, imóvel, de olhar escondido no chão. Não sei o que me vem ensinar. Verticalíssimo, está na sombra do cortinado, agora que durmo com o pouco de luz que vem dos candeeiros de rua e o espaço se aquieta com a impressão de aguardar um movimento. Há meses que noto que esta cortina espessa, vermelha intensa, se desenha na penumbra para ser uma figura espectral de panejamentos pendentes, muito silente e paciente. Em outros tempos, teria medo por ser tão perfeita imitação da morte que vemos nos filmes, a faltar-lhe a foice para ceifar almas incautas ou maduras. Agora, tão perfeita morte diante de mim, não me assusta. Solicita-me o curioso espanto. Julgo que espero falar-me. Estou à espera de que se explique.

Talvez me haja habituado demasiado a este pequeno quarto e tenha apaziguado o destino com o estar aqui parado, afinal, tudo quanto me motivava era por me servir para os livros e todos os livros me servem aqui. O tamanho do quarto abre-se ao infinito da Literatura. A vastidão, sei bem, sempre me acompanhou. Este cárcere é mais a posse dessa vastidão do que um modo de estar impedido.

O bocado de mim que se lamenta de não sair, há tanto sem viagem e sem multidão, talvez o veja agora como espúrio, um bastardo do meu carácter, diabo parasitário que atenta meu perfil tímido e solitário. Cresci na iminência de ser monge, estar em fuga pelo silêncio, habitar a montanha, saber das árvores, das migrações dos pássaros e de todas as transumâncias mais do que da especulação dos dias, essa pressa de consumo e satisfação pueril, imparável. Convenci-me cedo de que me bastariam um amuleto e livros. O José Régio dizia que dez livros seriam suficientes para se ter completa noção do esplendor da Literatura universal. Dez livros separam o esclarecido do bruto. Como se caminhasse para uma cabana, eu listei vezes sem conta dez livros que levaria para um exílio. Com eles, afinal, estaria como inteiro, de humanidade inteira contida nessas porções perfeitas, enfeitiçadas, de texto.

Quando agora abro os olhos e me dou conta da forma da morte no cortinado do meu quarto, pondero se alguma coisa se aprende com as convenções atiradas aos olhos, o que nos educa para crermos que algo eventualmente inexistente se mostra assim, desta maneira, muito perto de abrir a boca. O que tenho a aprender com esta visão continuada. Pergunto. Com o seu silêncio também. Pergunto.

Nem sequer procuro mudar o cortinado, interferir em suas dobras para que pareça outra coisa imersa na penumbra. Assumo que gosto que seja assim. Se o mistério mais caro é o de haver depois, porque haveria eu de rejeitar a possibilidade de o auscultar.

Convenci-me de que em solidão só nos atarefamos com morrer. Não havendo mais ninguém, o que façamos é sem sentido. Importará para os vindouros, se for de perdurar e oferecer proveito, mas arrisca o sentido da nossa vida. A solidão é uma corrupção do propósito humano. Estamos todos desafiados com o cárcere que nos sobra da pandemia. Apartados, avidamente ocupados com sucedâneos de gente, através dos filmes e de tanta imagem ou som, iguais aos autómatos, somos plurais pela graça dos ecrãs, pela graça de dispositivos eléctricos que nos instalam numa cidadania cada vez mais virtual. Uma cidadania sem corpo.

Estamos sós, a menos que inventemos companhia na suspeição das coisas. Espiamos as coisas como aguardando que se confessem. É o que aguardo do cortinado vermelho, espesso, cabisbaixo, que me parece culpado. Certamente culpado de seu silêncio, de sua incapacidade de dizer, por ser morto, oposto ao que vive. Talvez não oposto. Paralelo. É paralelo ao que vive. Mas, se suspeito, é porque está tão perto. Um druida tão perto de ser capaz de ensinar o que vai ao lado da vida, o que vai ao lado da morte. Tão essencial para entendermos que suspensão é esta, tão ao centro dos dois tempos unidos.

Sem festa

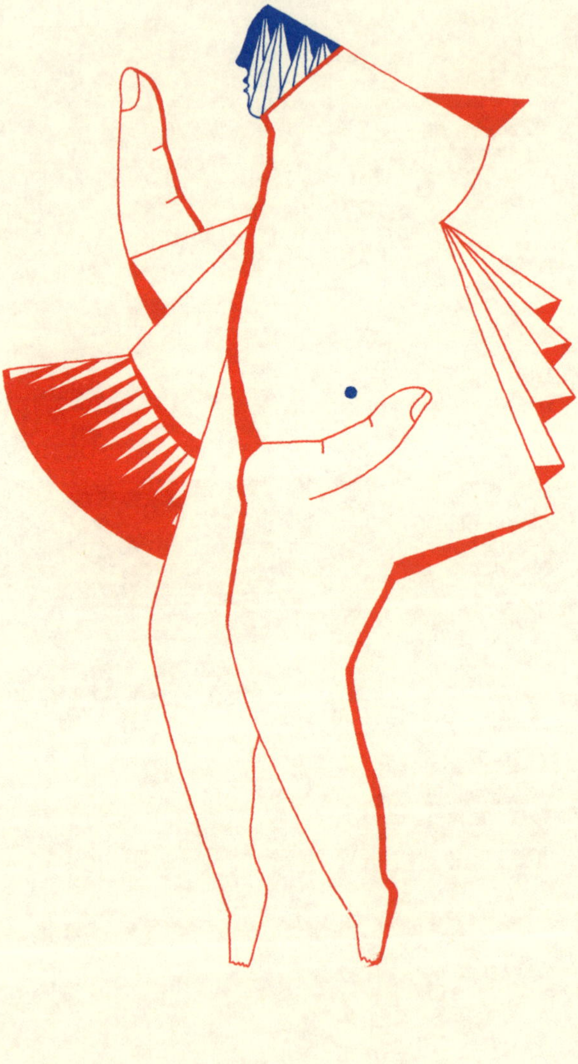

Vamos ficando mais e mais divididos entre a folia de ainda vivermos e o exercício da saudade. Estes lugares de regresso às grandes festas íntimas são jogos de diferenças intermináveis onde apontamos o que perdemos e ganhamos. Em cada ano, como em mais uma fotografia, medimos as crianças, como crescem, o quanto se esticam para serem também adultas, e com isso procuramos dissipar as ausências. Quantos netos são precisos para encher o lugar vazio de um avô. Pergunto.

Quero sempre que as festas de família sejam a reiteração da força de estarmos juntos, de valermos uns pelos outros, de não nos estranharmos. Se toda a vasta multidão houvesse de nos preterir, que sobremos sempre juntos, seguros de nosso brio, de nossa estima, sem vacilar. Porque é neste reduto onde fundeámos nossas âncoras e é por ele que mais nos aliciam os princípios, a gula de beleza, a persistência da ternura, a amplitude da imaginação, o esforço da fidelidade ou a opção incondicional pelo amor.

Estas festas são para isto. Um cerco de identidade e afecto que se reafirma para incluir aqueles que não são inteiramente o outro. São a nossa própria multiplicidade. A nossa plural existência. O que nos justifica e nos leva à gratidão.

Jantamos por motivos diferentes da fome. Jantamos pela oficina simbólica da partilha. À mesa dizemos que o que ali se leva é de todos. Estamos como iguais, partes diferentes para a construção da igualdade possível. E escutamos o que dizem as crianças e rimo-nos. Contamos como era antigamente enquanto o antigamente se vai tornando cada vez mais distante e surpreendente até para nós. No desafio de fazermos sentido e termos sempre a razão do afecto, mantemo-nos úteis para a consciência e para a grandeza humana de cada um.

Tive sempre medo da família. De como se pode gostar demasiado e sofrer demasiado. Qualquer perigo, qualquer perda, parece deitar por terra o infinito dos sentidos. Por ser insuportável. Em tantas ocasiões me tornei avaro de abraços e beijos e não quis reconhecer as minhas fragilidades. Prefiro ser um bocado bruto, como quem está em fuga. As minhas festas foram sempre um bocado em fuga. Não me deixo apanhar porque, por dentro, já entendi estar preso há muito.

As festas em tempo de tristeza são cruéis. As mais cruéis das ocasiões. Porque se auscultam as alegrias vizinhas, os ruídos e os rituais dos que vão a caminho franco da primavera, e nós desprezamos subitamente todas as flores e todos os passarinhos, o sol clareando de dia para dia.

Este é mais um ano de separações, esperas e adiamentos. Com isto, sinto que se ensaiam as famílias para teatros que não abrirão tão cedo. Vamos estudando os textos, mudando os textos, o que dizemos e escrevemos uns aos outros, sem prever muito bem a conversa de quando nos reencontrarmos de verdade.

Passaram pesarosas à minha janela as pessoas de outra casa. Apercebi-me do quanto vinham esparsas e demoravam. Seguiam como para chegar a lugar nenhum. De algum modo, iam entre vivos e mortos, tão presentes os mortos, ainda mal admitidos no mundo dos espíritos. Foi a única família que vi inteira, junta. Sem etiqueta. Uma família inteira que ia no contrário da festa. A cumprir o silêncio e a gravidade. Fiquei a saber que cancelaram o casamento dos miúdos novos. Cancelaram-se. Este ano já não lhes presta serviço.

Foi em que pensei quando me vieram agora perguntar acerca da Páscoa. Que sorte temos em poder perguntar sobre se ainda correremos riscos pela Páscoa, pelo aniversário da menina, pelo dia da poesia, a chegada dos franceses, o primeiro calor para a praia. Que sorte ainda podermos perguntar, mesmo que não tenhamos resposta. Mesmo que não saibamos que resposta dar, o que devemos dizer ou fazer.

Ainda temos família.

O Eduardo educou a morte

A minha criança morreu. O menino, meu sobrinho, meu afilhado, que tanto me comoveu e permitiu inventar o livro *O filho de mil homens*, congeminou uma baralhice nas células nunca vista. Alguns cancros, como raríssimas anomalias, são aquilo que sabemos dos super-heróis, quando alguém é mordido por um insecto e vira um mutante. Os super-heróis têm todos uma baralhice nas células, de algum modo, inventam todos o seu próprio cancro. O Eduardo inventou o dele e passou mais de dois anos a ensinar a mais limpa e generosa arte de morrer. Os génios, como ele se tornou, educam até a morte, educam até Deus, deixam pistas ao mundo e à humanidade de como se ser melhor, muito melhor.

Morreu a criança, mas jamais a sua memória. Ao meu irmão, Marco, à minha cunhada, Assunção, aos meus sobrinhos e irmãos do Eduardo, o Marco Jorge e o Miguel, dizia eu que deve sobrar uma saudade limpa, uma saudade gloriosa, porque o Eduardo alcançou a sapiência. Viu a grandeza maior da vida, entendeu o sentido, deitou mão do sarcasmo e da ironia, colocou-se triunfante sobre seu próprio corpo definhando. O corpo é um animal e não pode ser comparado com o esplendor da consciência. O Eduardo jamais desceria ao tamanho de um animal. Passou breve, mas profundo. Sábio. Sem assombro, apenas a inteligência grave e sem trégua.

Os super-heróis, como as pessoas que inventam uma doença nunca vista, uma anomalia mutante e sem se deter, aceleram todas as visões. Cada instante lhes pode trazer o esclarecimento, e todos aparecem com o mesmo milagre com que aparece a Virgem Maria. As pessoas, e até as coisas, milagram a toda a hora. São vertigens fulgurantes, ensinamentos que qualquer outra pessoa, ao contrário dos super-heróis, leva anos e anos para aprender.

O Eduardo virou um super-herói, aquilo contra que lutou foi maior do que um Dragon Ball zangado, mais do que dois King Kongs, muito mais do que dez manadas de rinocerontes. E lutou de olhos abertos, como disse, consciente, a ver seu predador chegar sem deixar nunca que lhe levasse o essencial, a decisão de questionar e responder a tudo. Como quem dialoga. Como quem conversa com Deus. Ou joga. No tabuleiro da vida, onde se busca o sentido, ele não perdeu. Ele entendeu. Afortunados aqueles que, com dezasseis ou cem anos de idade, chegam a entender. São os salvos. O Eduardo, na verdade, esteve sempre salvo. Até a morte se terá depurado. Até Deus se terá depurado.

Comparados com o Eduardo, todos nós fomos sempre uns parvalhões. Nem três anos de idade tinha e já nos explicava como se punha precoce a interpretar a vida, desenhando luas bibliotecárias e foguetões que nos levariam para longe quando o planeta tivesse de explodir. Para ele, era muito importante estudar a ciência e inventar coisas novas, porque tínhamos todos de correr contra o tempo por causa de ameaças, monstros e doenças que vinham atrás de nós. A clarividência do Eduardo não se explica de modo fácil. Esteve sempre adulto, foi uma criança madura, intuitivamente esclarecida, nasceu cheio de informações e a maioria das coisas pareciam alcançar resposta dentro de si mesmo, sem precisar de mais nada.

Pensava o Eduardo que todas as desgraças nos podem acontecer por uma simples questão de estatística. Não que possamos merecer isto ou aquilo, mas porque tudo terá de acontecer a alguém. Por isso, dizia que era perfeito para adoecer por ser um pessimista. Explicou que era um pessimista talvez desde os oito ou nove anos de idade. Ao dizer isto, colocava-se como um sábio diante do seu destino. Encarava a realidade sem sucumbir ao assombro, enquanto todos nós, comparados com ele, continuávamos como uns parvalhões.

Algumas pessoas são, de facto, absolutamente diferentes. Existem numa dimensão distinta que não nos permite um entendimento completo. E o Eduardo era todo adiado, dava para perceber que esperava crescer para ser livre, autónomo, com a sua visão brilhante e o seu pensamento complexo, capaz de descortinar qualquer mistério sem esforço nem espanto. Poderia ser que descobrisse a cura para o cancro, para todas as doenças, para a tristeza ou para a pobreza. O Eduardo tinha contas na cabeça que, se pudessem ganhar tempo, haveriam de curar tudo. Quem o via de perto sabia bem que nada lhe era demasiado, a normalidade era-lhe pouco, comezinha e pouca.

De algum modo, a sua inteligência pôde valer pela maior aventura de todas. Enquanto nós, aflitos e sem sentido, andámos como uns parvalhões, ele encarou tudo de frente, sem se render. A sua cabeça tinha todas as armas, pena que o seu corpo não pudesse tanto quanto o pensamento. De qualquer modo, com mais de dois anos de guerra, o Eduardo aprendeu e ensinou mais do que mil livros, mais do que mil escolas, mais do que mil séculos. Ao pé de completar dezassete anos, o Eduardo levantou-se de qualquer idade e virou o tempo todo, o conhecimento todo, o mistério revelado da força e da dignidade.

Não o teria feito sem a mãe, o pai, os dois irmãos e toda a família. Mas não sabemos de mais ninguém que pudesse ter a coragem que ele teve. Nunca se viu tão grande coragem, o que corresponde a um respeito irrepreensível pelas pessoas que aqui deixou e que terão sempre, para sempre, saudades dele. Saibamos todos deitar mão de um décimo da sua força, saibamos nós deitar mão de um décimo da sua dignidade, e seremos gigantes.

Mães e pais dos mortos

As mães e os pais dos mortos começam por viver num país só deles e quando chegam a coincidir connosco, em cidades tão reais quanto São Paulo ou Porto, Erechim ou Vila do Conde, são como imigrantes. Viverão sempre como certos imigrantes chegados de uma outra cultura, com dificuldades de traduzir para a nossa Língua o que sentem e o que querem dizer, por mais simples que seja. São um pouco como aquelas pessoas que já emigraram mais velhas e ficam para a vida inteira a trocar os verbos, os plurais e os géneros, até de jeito divertido mesmo quando falam de assuntos graves sem humor. Dizem: amo meu marida. Ou: crianças de enfeitar. Porque julgam que enfeitar é também dar paz ao coração.

As mães e os pais dos mortos são muito sem sentido. Nem sempre sabemos onde têm a cabeça ou os pés, porque tanto daquilo que os ordena é agora de outra natureza. Ficámos diante dessas pessoas pasmando, porque elas contêm uma ciência que nenhuma biblioteca vai conter, simplesmente porque não há como explicar o absurdo, ele é uma experiência indizível que os livros imitarão sem sucesso algum.

Começam por ser também pessoas absurdas e levam tempo a caber nos nossos países chamados Brasil ou Portugal. Nós podemos abeirar-nos e esperar, mas é ingénuo pensar que sabemos o que estamos a ver e o que significam suas palavras e gestos. Penso agora que as mães e os pais dos mortos não vêm de um mesmo país. Julgo que cada um começa por vir de um país só seu, onde talvez só pudessem partilhar cidadania com o filho que partiu. Por isso, são imigrantes que carregam uma cultura que pressente a cultura de seus semelhantes, mas não se torna absolutamente igual. Penam individualmente por seu sofrimento, por maior que seja a razão. Por mais que lhes queiramos pedir, à morte de um filho todas as mães e pais começam por ficar irremediavelmente sós e demoram até poderem ser minimamente acompanhados.

Esse é o superior ofício que nos compete. Sobretudo a nós, aqueles que não se viram empurrados para fora de São Paulo ou do Porto, Erechim ou Vila do Conde. Compete-nos aguardar até que sirvamos de companhia. Atentos, empenhados, procurando descodificar a Língua estrangeira com que falam, o abraço que transcende fronteiras, que rompe a clausura, até que nos façamos testemunhas, jamais do absurdo, porque não nos podemos medir, mas testemunhas de quem foi ao inferno e voltou. Porque a memória de um filho é agora a vida de um filho. Cidadão na memória, o filho tem seu movimento em cada pessoa que o lembra. E estará seu nome em cada dia para que a boca encha e nunca se convença de que em redor está vazio. O filho que morreu não equivale ao nada. Muito ao contrário. Ele é uma demasia. Um verdadeiro gigante que, à força do amor, jamais cessará de crescer e poderá ocupar tudo. O filho, com seu amor sempre eterno, saberá impedir o inferno e instalar a saudade orgulhosa de ter havido essa família, de ter havido essa coisa cúmplice que apenas mães e pais sentem por um filho. Essa cumplicidade, na verdade, não morre. O pacto não se pode desfazer com o pior dos fogos, a lâmina mais cortante, o tempo mais longo.

A minha homenagem às mães e aos pais que perderam filhos tem de ser ingénua, como dizia antes. Sou só português, falo apenas esta Língua simples que fica aquém do absurdo. Mas a minha homenagem radica na convicção de que nos humanizamos por ouvirmos o outro, por mais estrangeiro, e mesmo que jamais possamos estar seguros de o haver entendido. É imperioso que o outro saiba que viveremos até ao fim procurando um modo de genuinamente integrá-lo no nosso vasto afecto, esse lugar límpido da companhia. O sentido da vida.

Anos velhos

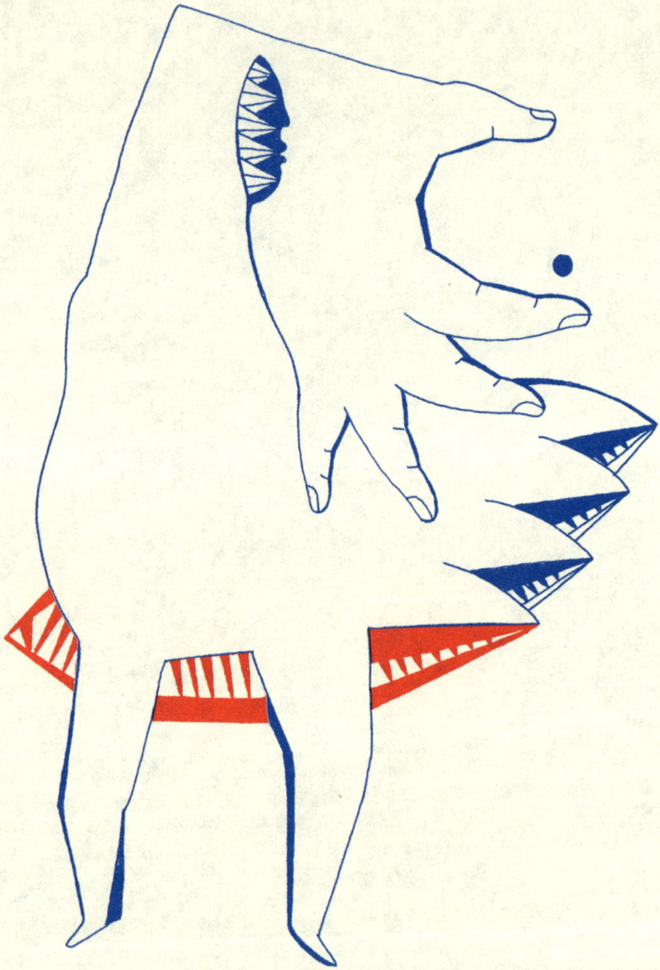

Depois dos cinquenta, temos perfeita noção de que à idade já não assiste qualquer universalidade. Em rigor, os que se portaram melhor seguem sem sobressalto pelo tempo e os que prevaricaram desqualificam-se com maior ou menor gravidade para o desafio de envelhecer. O tempo, afinal, tem bastante a cara do brio com que cada um tratou sua cabeça e seu corpo. Olho em redor e o que vejo são os resultados de uma resiliência maior ou menor, fazendo com que nos distanciemos uns dos outros pela bravura, ou falta dela, com que soubemos prevenir, abdicar, escolher melhor, muito melhor.

Tenho reparado que até as pessoas que eram novas nos anos da minha juventude já estão de cabelos a clarear. Quero dizer, as pessoas mais novas do que eu, a que me habituei de ver como miúdos que gravitavam em torno do nosso mundo de música ao vivo, os nossos cafés, as livrarias onde íamos comprar o novo do Al Berto. Esses miúdos começam a ter filhos licenciados, a fazer pós-graduações em Londres, a casar também, a engravidar. Vi uma fotografia da Luísa, que para mim era sempre uma menina com o sonho de ser jornalista, e ela está com vinte anos de carreira, o cabelo branco, e uma filha a enviar mensagens desde Itália, para onde foi integrar uma orquestra. A Luísa, não sei como, é para mim aquela menina e, ao mesmo tempo, uma mulher velha, até muito mais velha do que eu, porque tem filhos grandes, já cisma com netos, passa o tempo a falar das saudades, usa uns vestidos que não são nada preparados para os concertos dos Bauhaus que nos definiam enquanto morcegos convictos e sem cura.

Subitamente, estamos apanhados numa realidade meio absurda que não corresponde em nada às nossas almas punks. Íamos ser todos esquisitos, com as casas pintadas de preto, só com coisas muito incríveis trazidas de viagens aos cimos das montanhas geladas, e andaríamos até em modo lento, como nos filmes do Lynch, todos a passar um pouco mal, mas memoráveis. Inesquecíveis e sempre muito sensuais, com toda a gente a querer nossos corpos e nosso amor. Ao invés disso, tossimos fartinhos de Covid e gripes e alergias e toda a porcaria de não-se-sabe-que-raio-é-isto que veio depois da pandemia. Ficamos todos sem imunidade para nada. Qualquer poeira nos pega um vírus. Já nem sei há quanto tempo não acordo sem espirrar. O espirro é o novo canto de galo ao nascer do dia. Que paciência me falta para a vida de cinquentão.

Se isto agrava, pergunto. Claro. Mas o certo é que amigos mais velhos são bastante mais joviais do que eu. Nem vou falar do Agostinho Santos, que tem uma folia para os dias que não entendo. Não lhe dá nenhuma lunaridade. Em cima dele é sempre julho, e não lhe para a imaginação nem a alegria. Os meus amigos com mais idade do que eu, muitos, dão-me um baile na genica. Penso agora que me boicotei com uma pacatez qualquer. Não sei se foi de pasmar muito para a paisagem, se foi de comer demasiado pão ou chocolate, certamente foi de ter deixado de ir à piscina. A minha idade não serve para mais ninguém. Disso me esclareci. Não serve para mais ninguém. Deixou completamente de ser uma medida com a qual se possam estabelecer comparações, tirar conclusões, propor estratégias de paridade.

Depois dos cinquenta, tenho a impressão de que todos os anos são velhos. As mortes, as doenças, os divórcios, o fim dos dinheiros, dos sonhos mais ingénuos, das esperanças, o que é do governo, a folia por nada, sermos sempre o país mais pobre, o mesmo poder do costume, o pão que leva farinhas que nos adoecem, o açúcar em toda a parte, a barulheira, o exagero das pessoas com os perfumes como se não tomassem banho e tivessem de esconder o sarro. Tudo contribui para que cada ano repita maldades que nos encurralam na dificuldade de encontrar equilíbrio entre o que é bom e o que é mau.

Novos anos e, afinal, ainda não há colónias na Lua, não se fala com extraterrestres, não temos casas que mudam de posição conforme o sol, não somos nada teletransportado. Tudo quanto nos prometeram para o já distante ano 2000 foi mentira. Ao invés disso, arranjaram a Internet para imitar a realidade e convidar a uma cidadania de fantasia. Na fantasia, afinal, podemos elaborar sobre a felicidade, o bem-estar, o amor correspondido. Estamos cada vez mais entregues a essa dimensão sucedânea que nos mente uma compensação que não procede. Os anos parecem só ser novos nessa transferência cada vez mais intensa e trágica que fazemos do que é verdade em prol daquilo que é mentira. Aceitamos a mentira, preferimo-la, vamos concebendo sua dignidade e sua necessidade.

Por causa da poesia, do que ainda há de arte, de uns poucos amigos e da possibilidade de chegarem mais primaveras e verões, estarei invariavelmente do lado da esperança, mas convicto de que espero asozinhado. Porque me parece que menos pessoas esperam algo que não seja apenas pior, menos bom, mais difícil.

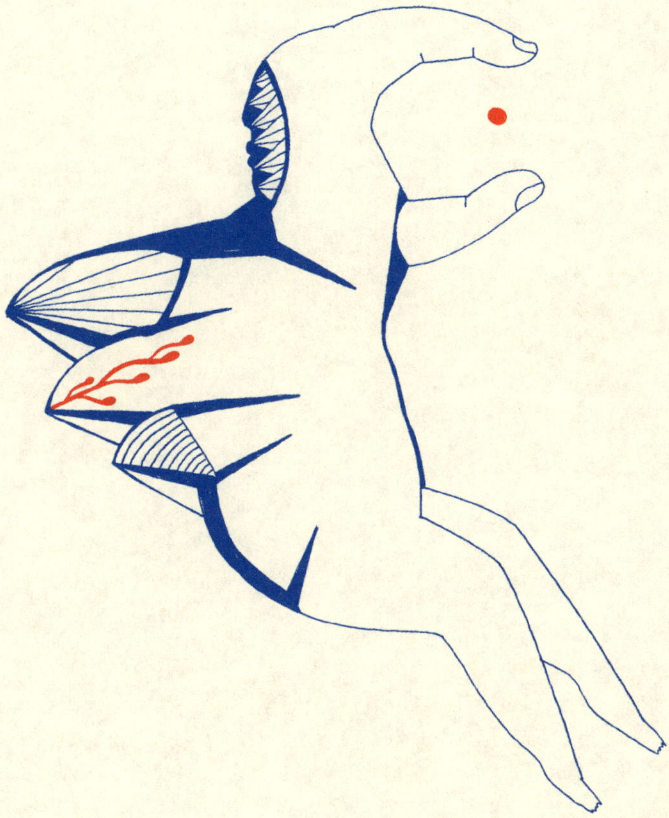

Outra casa

Agora, da minha casa vejo campos até ao fundo, as casas calmas entre os verdes lavrados, como se o mundo todo fosse chamado a fabricar aquilo que apenas quem se demora pode fabricar. Agora, da minha casa vejo o que frutifica em silêncio e promete matar a fome, matar a fome, matar a fome. Tudo me parece, enfim, elementar. A sobrevivência explícita, o quanto é difícil, o quanto se periga, o quanto andamos sempre à deriva sem resultado maior do que perecer também. Sonhar até perecer também.

Agora, da minha casa vejo a eira e o pé do espigueiro, o granito que sobra sem mais do que a luz, o vento em cima. Parecem pedras enganadas, ao abandono como por descanso depois de duzentos anos de trabalho. Passarei horas a queixar-me de como as ervas daninhas medram por ali, parasitas ávidas que desfiguram a quietude definitiva das pedras. Passarei anos a cuidar do nico de jardim, porque um nico de jardim enlouquece com a mais ínfima ameaça de primavera. O senhor de adiante já mo confirmou: não é sempre igual, mas há uma primavera a cada passo pelo ano inteiro. Nem vale de muito sofrer, o que se semeia é traiçoeiro, germina à revelia, quer nascer contra qualquer juízo. Aqui, nestas terras férteis, tudo concorre pela vida. São casas erguidas onde o chão sustenta. Isto que vemos é abundância.

Não sei nada da saúde das oliveiras ou das granjas, mas estou avisado de que a oliveira seca se o dono é ruim e as granjas perdem a cor se houver inveja. Ando a pensar pedir licença, fazer como um vizinho que chega e se acomoda ali ao lado dos seres mais naturais. Talvez possa regar com atenção, pensar em algo bom de dizer que as plantas possam pressentir. Cheguei do Brasil, onde me garantiram que uma árvore morreu em alguns dias por haver morrido o seu dono. Contaram-mo tão sem dúvida que me lembrei da oliveira diante da escada da cozinha e temi por sua idade, suas perdas. Quanto tempo pode ter uma árvore assim na casa? Estará aqui desde o início? Ninguém sabe a idade de nada por estas bandas. É para antes da memória. Dizem, como se fosse já da natureza do lugar, algo que muitas gerações tiveram como verdade comum. Casas e campos que valeram a toda a gente.

Agora, a casa é tão claramente robusta que vai usar-me de pequena comichão no cômputo da sua eternidade. Serei um habitante mínimo de seu corpo inacabável. Saberá muito mais do gado nos currais, nas cortes de baixo, saberá muito mais das vindimas e do que acontecia nos lagares e na adega. Eu estarei enquanto palavra muda no exercício dessa normalidade, serei talvez um tempo em que haverá até consciência da saudade, e não serei mais nada. Passarei depressa. Verei, contudo, a partir dali o que foi e será sempre.

Alguém me dizia que uma casa assim pede almas velhas, objectos de tradição. Eu, por outro lado, sinto que as casas de duzentos anos parecem igrejas aflitas cheias do que é antigo. Casas assim urgem de cor e alegria. Tenho vontade de coisas infantis, novas e a imitar ideias de futuro, para inventar pertinência e aquilo que nunca houve. Agora, a minha casa é um problema difícil para que não se ponha como túmulo, último lugar, animal em cujas entranhas desaparecem o tempo, as sinfonias de Mahler, os livros lidos sem fim, o jantar nas toalhas exuberantes que comprei nas feiras tão longe, nossos corpos gastos de muito esforço e sonho.

Agora, a minha casa é a derradeira fé nisto tudo. Entro porta adentro para descobrir se há Deus, se há respostas, se a vida toda conspirou alguma sabedoria, se saber é finalmente ter a impressão de chegar ao que sempre se quis, sempre se esperou. Entro porta adentro e, na verdade, espero ainda. Mas, desta vez, convicto de que, se não for desta maneira, maneira nenhuma vai solucionar a vida. Nada mais vai solucionar a vida de um homem assim.

Ajardinar

A minha mãe tem a mania de varrer. Não pode ver o chão do meu ateliê ou de minha casa sem esperar um instante em que me distraia para dar um jeito. Há dias, de varrer o alpendre passou a arrancar as ervas que medram nos cantinhos da casa, entre as pedras calcetadas, em torno da figueira, junto aos portões, mesmo na escada frontal, enfim, por toda a parte. Adianta-me pouco dizer-lhe que não faz sentido que se canse com aquilo. O verão traz a erupção verde e é importante não entrar em pânico. O funcho, as fisális, as estrelícias, as rosas, as hortênsias, aquelas plantas de baguinhos roxos, outras buganvílias, tudo parece ficar completamente louco. Se não fizéssemos nada, cobririam as passagens, levantariam por sobre as janelas até do andar de cima, haveriam de se misturar umas com as outras e parir plantas novas, uma floresta nova nos nicos de terra entre o granito.

Lembro de o Albuquerque Mendes contar que só dizer a palavra granito já o cansa. E pensei nisso a arrastar umas pedras daqui para ali na convicção de ajardinar melhor o espaço. Com a velha tesoura de poda, fiz por intuição o melhor que me pareceu. Debulhei, sobretudo, os volumes gordos da vegetação. Pensei que estivesse a escolher com juízo para não perigar a vida das espécies e deixá-las regressar à flor na próxima primavera. Mas admito que, em alguns casos, me possa ter excedido. Só dizer a palavra ajardinar já me cansa.

O meu amigo Tomás garante que até dá vida uma horinha a cortar a relva e a podar árvores. O mais importante, estou convencido, é eliminar o funcho, porque aquilo é o delírio das abelhas. Não sei se me deu grande vida, sei que cresci um ignorante profundo no que respeita à glória de plantar e colher. Ando a ver os kiwis sem entender porque não amadurecem. Não largam do caule, não caem ao chão. Um senhor diz-me que é importante correr pela ramagem a mão a desparasitá-los. Quer dizer, crescem aos três e quatro juntos e, para que uns maturem, é fundamental eliminar os mais pequenos que competem pela vida às cavalitas dos outros. Eticamente, levanta-me dúvidas. Poderei ter uma planta de kiwis livre, sem querer mais do que a sombra, para que não impeça nenhum fruto de viver.

A minha mãe não consegue deixar de cuidar. Sei que a vida toda entra na casa dos filhos e procura ajudar com um quase nada que seja. Alguma coisa que melhora pela sua passagem e que é símbolo de tantos gestos que nos permitiram sobreviver, sanar, alegrar, partir autónomos.

O modo como varre o chão tem que ver com cuidar de tudo. É um sumário da vida. Ao ver como o granito da casa se livrou daquele rebordo de plantinhas pequeninas que ali se foram meter, senti o mesmo jeito dos cobertores chegados ao pescoço. A casa inteira se pôs num brio que as mães querem. Um brio que é para nos salvar de tudo.

Depois das obras, talvez consiga um jardineiro que ali passe a cada mês para usar ciência. Por agora, enquanto passa o tumulto, pensei que sozinho haveria de bastar-me. Contudo, deitei-me problematizado. Ai, as hortênsias, diz-me uma amiga. São tão bonitas, fazem as entradas tão especiais, acompanham os muros exuberantes e generosas. Que pena cortá-las. Ai, as estrelícias, são iguais a aves grandes, as bocas abertas num canto, cisnes plantados. Que pena cortá-las. Dormi mal. Temo ser um bruto. Cheio de teorias de sensibilidade e, afinal, um bruto.

Fizeram uma fotografia enquanto me vergava para juntar num mesmo lugar os galhos cortados. Na fotografia, entendi mais tarde, centenas de pássaros voam sobre mim. Talvez fosse que passassem simplesmente para seguirem até ao centro de Barcelos. Talvez fosse que viessem avisados para a minha loucura. Eu, atarefado, não dei conta da pressa naquele céu a fechar onde, logo depois, começaria a chover. Vejo a fotografia uma e outra vez e temo ter sido descoberto. Ajardinar é uma espiritualidade. Não se pode fazer sem respeito. Que vergonha.

Aniversário da Isabel Lhano

A sua idade agora é nossa. Compete à nossa saudade. O que talvez a leve a ter mil anos, talvez dois mil. Se a idade for a conta da saudade numa multidão de amigos, ela fará um milhão, talvez dois milhões de anos.

Queremos inventar uma festa. Uma dessas festas cuja razão é triste, mas porque não podemos ter pretextos de tristeza quando se trata de amar. Amar tem de ser por alegria. Ninguém ama para sentir tristeza. Mesmo que tudo resulte em desgraça. O sentido é outro. E nós queremos ter uma festa em redor da idade da Isabel para ser tudo novamente presente, para imitar o seu som, a sua voz, o seu abraço, o seu jeito de dançar e de rir.

É esperada uma força dos que amam que nem sempre se torna possível. Por amor devemos ter o rosto aberto aos que querem lembrar, aos que querem entregar como sofrem de saudades, como lhes falta quem morreu. Mas os que estão mais perto fazem o luto numa dor múltipla, como se estivessem encurralados por toda a parte.

Encurralados por essa multidão que não cessa de chegar com sua dor.

A Isabel era contra sofrimentos e tristezas. Detestava grandes queixumes e queixava-se sempre a avançar, como quem dizia em duas palavras e se metia a caminho do futuro. Não era bom ficar a estimar males nem fúrias. Devemos estimar animais e pessoas, alguns objectos, o planeta. Mas não a mania da coitadice nem a revolta desmesurada, mesmo que política. A Isabel mandava vir a cerveja, pedia para tocarem Nick Cave e o mundo começava outra vez, cheio de esperança.

Como faremos da nossa festa um começo de alguma coisa? Saberemos criar a mesma magia de começar o mundo de novo e conhecer a esperança? Levaremos nossos mortos no rosto, nossas saudades, e dançaremos tortos e eu sinto ternura pelas flores menos perfeitas, as que o pé magoou em passagem, e todos nós ondulamos um pouco como se também magoados por alguém que nos calcou. Dançaremos cheios de dores e gente nos braços e, mesmo assim, diremos que estamos alegres para que lembrar da Isabel seja feliz.

A Isabel gostava do seu aniversário porque o tempo lhe passava sem muito parecer medir-lhe o corpo. O tempo era diferente do que acontecia aos outros. E ela ficava sempre catraia, uma moça pequena que os mais jovens julgavam ser da sua geração. E ela fazia alarido, mais alarido do que muitas crianças. Tinha o cabelo vermelho, inventávamos teorias malucas para justificar tal coisa, e tudo era certo fogo, um incêndio nas ideias feitas de liberdade e ganas de futuro.

Os meses que vieram depois da sua morte ainda estão pasmados. É tão bizarro que parece que o Nick Cave toca sem guitarras, sem percussão. Até a Frida Kahlo rapou as sobrancelhas, aparadas como se fossem fios delicados de cisne. E a vizinhança anda em bicos de pé, que nunca mais ouvi grandes botas a bater, discussões zangadas ou a televisão assombrada com o futebol. Desde que a Isabel morreu, isto anda tudo devagarinho, toda a gente de bengala e a espiar o chão sem ter muito para onde ir.

Como somos punks, queremos fazer uma festa com algum susto, muita gente esquisita e um dj que só ponha barulho. Queremos ficar a ourar a cabeça sem piedade, mesmo sabendo que no dia seguinte vamos estar de ossos torcidos, cheios de ciáticas e enxaquecas, lixados de artroses e paragens de digestão. Somos punks e isto vem de dentro, à revelia do corpo. Até que um dia nos nasçam os cabelos também vermelhos e possamos dizer que, finalmente, aprendemos a fazer da natureza um território de profunda verdade. Até que a natureza nos entenda, ao invés de nos disfarçar.

Se puderem, pensem em morangos, lábios garridos, sangue vivo, no sol a deitar, na beterraba quando se corta. Pensem no que aparece aos olhos como lava, a imaginar ainda a sua forma perene, absorvendo ainda o que há pelo caminho. A Isabel está assim. Ainda a caminho.

Setembro

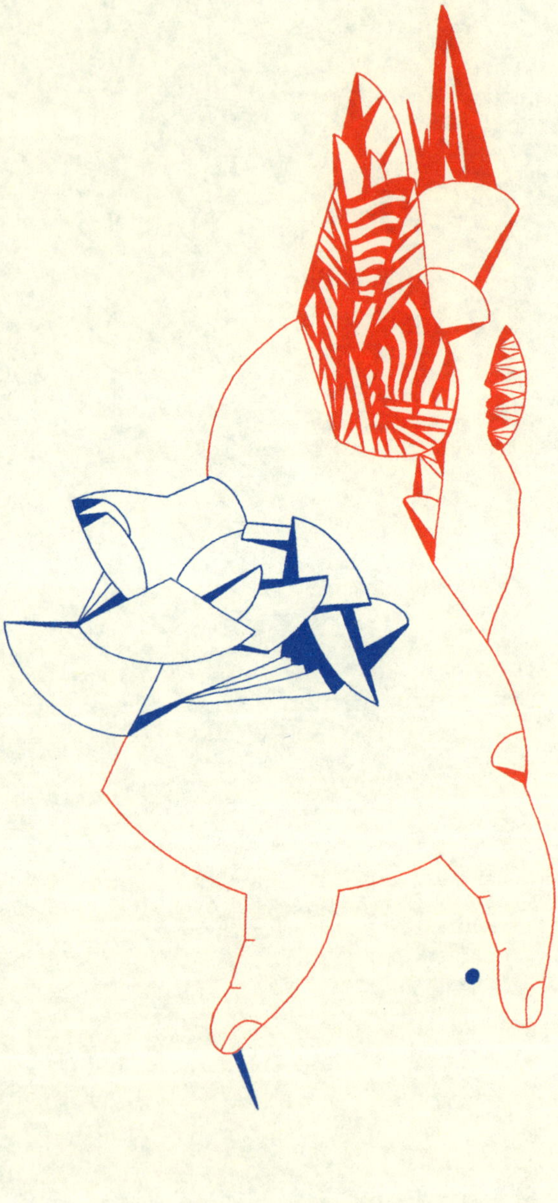

Fico mais velho em setembro, vão embora os banhistas, a cidade volta às nossas mãos e certa solidão também é um recomeço. O mês de setembro é promessa de maravilha, ainda que o outono espreite e os dias esfriem e escureçam. A decadência do mundo oferece o recolhimento e a construção íntima, o esforço para estabelecer no espírito uma estação mais afinada com nosso sonho, nossa identidade.

Ando a ameaçar o meu amigo Albuquerque Mendes de o abandonar e trocar por outro pintor, o António Olaio, que é um artista brilhante e, há trinta anos, diziam-me que éramos parecidos. Tenho planos para escrever outro romance, uma aventura de duas costureiras com que cismo há anos. Quero emagrecer, passar um mês intenso no Brasil, mudar de terra, ler mais, parar com a mania dos desenhos, fazer filmes, dormir a horas populares, fazer a depilação da moda, chorar na autoestrada a ouvir Mahler, ouvir mais vezes Mahler e não querer saber se ter cinquenta e três anos de idade é alguma sentença.

No tempo em que regressava à escola, com mochila nova, os cadernos limpos, os livros a estrear, tudo se propunha a outra vida. Cada ano lectivo era como o convite para ser outra pessoa, aquela que deveria ser, mais do que aquela na qual, por defeitos e preguiça, reincidia. Hoje, sem mais escola senão a da deriva, por fascínio ou temor, tenho sempre a vontade de refazer essa oportunidade de outra vida. Que tentadora a possibilidade de repensar cada lugar nosso e aparecer como mais faz sentido, sem medo de finalmente sermos quem queremos ser, libertos sobretudo do que nos cansa e magoa.

Por disparate, digo que trocaria de amizade do Albuquerque Mendes pelo António Olaio, mas é só para dizer como gosto dos dois. Não se trocam pintores assim. Às vezes, nem quadros, porque os quadros chegam às nossas paredes cheios de significados e tornam-se quase todos talismãs. São seres místicos que nos povoam as casas e sustentam nossa necessidade de relações duradouras e de deslumbre, mesmo que um deslumbre atónito e sem completa explicação.

O que trocaria, na verdade, é a ideia de ter menos quando se pode ter mais, no sentido bravo dos afectos, no sentido bravo de gostar de mais gente, cuidar de mais gente, declarar a mais gente que nos importa, que admiramos quem são e o que fazem, que nossas vidas ganham razão também pelos instantes em que só nos ocupamos de pensar nos outros. Em setembro, por ser o meu natal e por se recolher o mundo como para dentro de seu ninho, deito o coração à rua e mando-o voltar só quando cresça. Cheio de pessoas que quero ver melhor e pessoas que nem nunca vi.

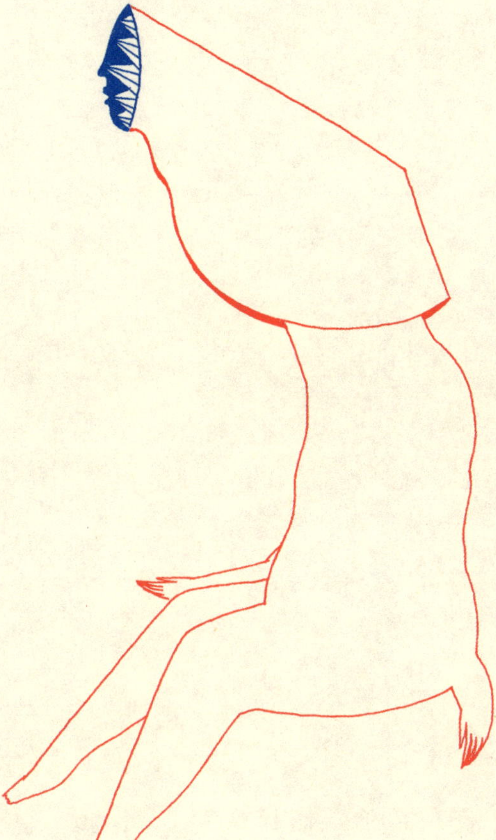

Amigos imaginários

As casas grandes e muito antigas não são mesmo lugares comuns, tornam-se gente, suspeição de presenças, companhias. Os amigos perguntam por fantasmas, mortos nas cortes, o diabo na eira, as vozes no baixo e no cimo dos quartos. Não há nada. A casa é quieta e não acontece nada senão uma vegetação sempre a crescer, mais os gatos vadios, abelhas no funcho e pássaros que não descem. Mandaram-me plantar um diospireiro. Os dióspiros chamam os bandos.

O imaginário do Minho é todo feito para assustar o povo, provavelmente para lhe tolher os gestos, criar pudor, motivar ao comezinho, à humildade e ao trabalho. Quase sempre a mitologia popular vai no sentido de precaver personalidades excêntricas e punir o que não cumpra o senso comum. Por mais que me divirta e até inspire para livros, cansa-me bastante que se perpetuem ideias que castram alegrias e parecem criar aflição onde já basta que exista o desafio constante da sobrevivência.

Na minha eira aparece uma santa que só faz milagres. Faz milagres em troca de qualquer sorriso limpo. Durante as tardes de sol, ela aparece e fica longamente porque não tem outra tarefa senão a de fazer o bem a quem por ali vai. Em troca da hipótese de vir o diabo nas noites de agosto, eu prefiro esta de se oferecerem milagres, coisas de maravilha que não estejam para piorar a vida das pessoas, muito ao contrário. Eu disse: a minha casa é para fabricar felicidade. Não quero que entrem com medo de fantasmas, bocas que ferram ou insultam. Quero que entrem com a oportunidade da cura.

Alguém dizia para cuidar do olhado. Ai, o olhado. Explicam-me. Há olhado em toda a parte. Eu só vejo trabalho. É o que mais vejo. Mas não me parece nada maldição. É de andar o mundo sempre a imaginar coisas novas, haver plantas e bichos e tudo precisar de moderação e limpeza. Arranjei um amigo cada vez mais imaginário, o Mosquitinhos. Ele mexe em toda a parte. Apara a oliveira e conta-me que as oliveiras devem ser podadas com severidade. É bom que se libertem do peso, mais ainda se forem assim centenárias. Eu estou convencido de que a árvore tem duzentos anos. Digo: Mosquitinhos, como sabes voar, podias ir cortar bem lá em cima, que a mim dão-me vertigens dois degraus do escadote.

O Mosquitinhos é que tirou da cabeça que devíamos pôr água aos gatos vadios, que não há muito onde vão beber em segurança. Eu tenho a impressão de que o Mosquitinhos é que motiva a santa a ficar pela eira. Coisas boas vêm de pessoas boas. Até a maneira como o vento sopra se educa. É o que me interessa nas casas grandes, muito antigas. Que se eduquem para as coisas boas. Vivos e mortos bons. O que a vida e a memória fazem é sempre um negócio da consciência.

Hoje, treze estrelícias abriram mais do que nunca. Curioso. Outubro. Não acreditaria facilmente que a 2 de outubro tudo propenderia a ser feliz outra vez. Acredito agora.

Os túmulos

Desde que faleceu o meu sobrinho não pude visitá-lo. Ainda que em pequeno tenha visitado o meu irmão, sinto que não se visitam crianças no cemitério. Não são para crianças lugares de tanta mesa baixa, arestas afiadas de pedra onde mal se anda, não se corre e tudo tropeça, pode bem cair-se, partir a cabeça, ir em prantos para o hospital.

Ando a proibir os prantos. Não me adiantaram nada. A canção bem pede para chorar um rio e eu não ando a provar amores a ninguém. Quero é sossego e algo estranho que é não dar demasiada conta de mim. Somos todos nosso próprio fardo. Estou a disfarçar-me de algodão.

Quis muito acreditar que agora só choraria com coisas da arte. Estou a escrever sobre isso e disse-o diante de uma plateia para me mostrar seco e insensível. Não estou aberto a sofrer pela realidade. Minha comoção é só pelo deslumbre da arte. Um livro, um só verso, um filme, a Cecilia Bartoli a fazer barrocos tristes e lentos, a imitar sofrer de desamor. Eu só queria chorar por isso. Mas tenho uma tela pequenina que o meu sobrinho me ofereceu numa

Páscoa de há anos. Pintou-lhe o meu retrato perfeitinho segurando um ovo na cabeça. Preparado para o truque de Guilherme Tell, o ovo tinha de partir-se para nos rirmos de meus azares e ridículos. Talvez me tenha comovido com a arte do meu sobrinho, mas não estava à espera.

E sei que o túmulo está ali à distância e anda o outono cheio de chuvas a fazer frio e é uma merda pensar em como ficam desarranjadas as crianças no cemitério nesta altura, que não levam botas novas, mochilas para a escola, uma gabardine, a camisola grossa com o Homem-Aranha, umas luvas sem dedos que os transformam em parentes dos sapos. O outono é uma porcaria e mais ainda porque depois vem o inverno que é uma porcaria muito maior.

Se houvesse de saber visitar o meu sobrinho, queria levar-lhe as botas novas e a mochila e ver se anda com juízo para jogar menos e ler mais. Que a vida é toda à espera de profundidade. Mas, depois, percebo também que ele teve oportunidade de aproveitar muito mais a folia de superar um jogo do que a angústia dos poetas. Na verdade, os poetas só lhe teriam feito mal. Todos aprendizes diante do tremendo que experimentou ele.

As crianças, dentro de sua genuinidade, dentro de seu mundo de escolhas claras, encurraladas na simplicidade com que a vida lhes acontece, são todas eruditas. As crianças são todas eruditas. O meu sobrinho era erudito. E a cada passo, eu, também angustiado poeta, aprendo com ele.

O outono não tem educação

Não gosto das frescurinhas, das coisas muito cheias de águas só para ensopar, as humidades, o molhadinho nem do arroz ou do feijão, eu detesto apanhar chuva e nem aquele baço das manhãs quando parece que nunca mais impera o sol, e eu nem gosto da muita luz, mas odeio o tempo em que nunca mais aquece para andar toda a gente na rua a dizer coisas e a comprar livros.

O meu aniversário é bem pelo início do outono e eu tento pensar nas prendas para não deprimir. Mas começam os temporais súbitos, o frio, os dias apequenados como se o sol encolhesse e nós encolhêssemos também e a vidinha fosse toda um castigo qualquer, uma porcaria de culpa porque nos atrevemos a curtir o verão. Ficamos com os ossinhos a tinir, as pernas fechadas, os braços recolhidos, até os testículos e a vontade de falar. Com o frio, eu perco a vontade de tudo. Dá-me fúria e maldade. Quero que as pessoas que conseguem ser felizes tenham tropeções nas calçadas. Quando está frio eu não consigo escrever e não consigo pensar e pior fico se me molho à chuva porque me dá logo gripe e as minhas gripes são épicas, mais exigentes do que subir montanhas com as unhas a esgravatar. Não adianta explicar mil vezes às pessoas que estou doente, ainda estou doente, porque ninguém acredita e eu respondo educadamente, mas, por dentro, rogo pragas para que também tropecem nas calçadas.

Chega o outono e eu cobiço a sorte dos ursos que hibernam. Devia haver um método de escolhermos as estações do ano em que queremos viver. O governo tinha de tratar destes assuntos. Garantir o direito de exercermos a cidadania nas alturas adequadas ao nosso espírito e felicidade. Todos os países deviam ser de norte a sul do hemisfério, e era importante haver um metro ou um TGV que demorasse uma hora a atravessar o equador e a despachar as pessoas para onde estivessem produtivas e motivadas. Portugal, com tanta antiga mania de império, bem que podia ter resultado num rectângulo longo até lá baixo. A 1 de outubro, enquanto aqui tanta gente se atarefa com a folia dos saldos, já eu estaria no TGV a rir como um tonto. Cheio de pressa de sossego e de bom tempo. E eu ia querer ter sempre uma casa com sombra, porque é verdade que detesto apanhar sol, eu detesto quando está muita luz que nem consigo abrir os olhos e dá-me dores de cabeça. Adoraria ter uma casa com vistas sempre amenas, sem demasias. Uma casa numa espécie de primavera convicta, sem o começo, que é lingrinhas e enervante. Apenas os dias de vinte e dois graus, as noites a vinte e dois graus, os passarinhos todos felizes de haver coisas boas para comer em cada bico de flor, e sem vento quase nenhum, apenas um sopro ligeiro, de vez em quando, para nos acarinhar a pele, mais nada.

E deviam nascer todos os frutos bons. Anonas e morangos, bananas e morangos, abacates e morangos, mirtilos e morangos. E deviam nascer morangos até nos canteiros, em todos os vasinhos das casas, qualquer bocado de terra. Os morangos deviam nascer como as ervas daninhas que tentam a vida entre os paralelos das estradas ou no rachado de um cimento no chão. Onde houvesse umas greirinhas de terra devia cair o esperma dos morangos e aquilo virar imediatamente um morangueiro frondoso, até histérico, a dar morangos doces como se tivesse fanicos sem parar.

Eu queria ser a mandar em tudo para trazer mais juízo ao mundo. Era eu quem devia mandar nos presidentes e nos reis e rainhas que ainda sobram, e devia ser eu a mandar nas pessoas da grande economia, e nos padres, nas livrarias, até na Lello. Eu mandaria em tudo e por toda a parte haveria felicidade, porque acabaria logo com injustiças e com as estações frias do ano.

Faria leis tão lindas que as pessoas obedeceriam só de beleza. O Diário da República ia ser melhor do que os livros da Sophia, melhor do que os livros do Tolentino. As pessoas assinariam o Diário da República e partilhariam artigos nas redes sociais e fariam corações nas leis favoritas e a RTP criaria telenovelas românticas a partir do articulado normativo. Então, toda a gente iria rua fora a dizer que amava o decreto 122. E outras diriam preferir o decreto 920. Nem podiam lembrá-lo que se comoviam. O artigo oitavo. Diriam assim como dizem do quinto movimento da partita número dois para violino a solo de Bach. Nos cafés, as pessoas comentariam a sorte de haver um jornal tão deslumbrante quanto o Diário da República. E todas as famílias o assinariam, gastando muito menos dinheiro em roupas de usar e deitar fora porque estariam vestidas de ideias incríveis.

Eu ia ficar feliz só de ver o meu povo feliz. E mandaria sempre mais bem-mandado, até que Deus visse que juízo mais refinado, que maravilha se inventava em Portugal, e decidiria distribuir pelo mundo a mesma receita e o mundo todo teria só primavera convicta, vinte e dois graus, nenhum vento, apenas um sopro ligeiro para nos acarinhar. Nem que tivesse de haver dois sóis. Um para cada hemisfério, colocados no lugar certo para nunca mais ser necessária uma lareira nem uma tromba de água. Era tão importante acabar com a humidade. Estraga desenhos antigos e apodrece aquilo que guardamos. Até entre pernas se nos mela com a humidade. É profundamente contra o amor. É um nojo.

Começa o outono e eu fico contra. Já sei que teremos seis meses desta caminhada horrorosa pelas estações frias. Uma coisa da morte. A morte à espreita.

Os meus fantasmas estão luminosos ao centro de todas as salas. Meus fantasmas luminosos são mais do que dois sóis e incandescem onde quer que eu vá. Para todos os caminhos preciso de circundar onde se deixam, a meio de todos os caminhos se põem e eu passo-os uma e outra vez sem escutar senão o que era de antes, o que imagino, mas jamais o que podem agora dizer, porque estou fora de sua língua, não conheço suas palavras mortas. Essa cidadania.

Todos coleccionamos fantasmas. No entristecimento das estações do ano, meus mais urgentes fogueiam em dobro.

Notas incompletas sobre assuntos do tempo

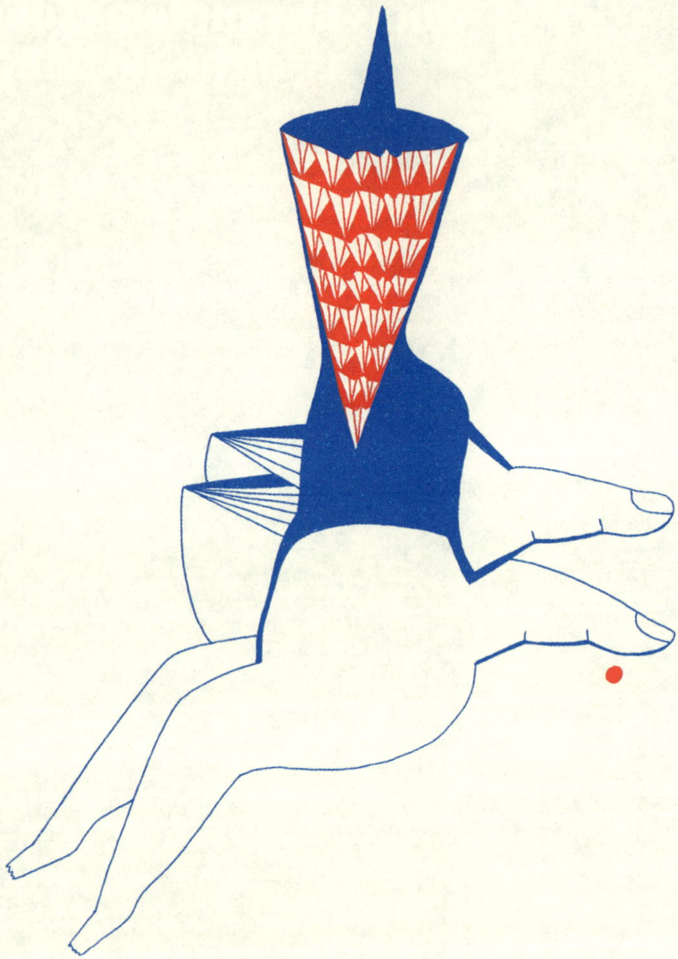

Um

A memória é a única possibilidade de regresso. Quem perde a memória está expulso. Eu sei que o tempo de vida é uma brevidade e que estamos, realmente, todos morrendo à pressa. Aquilo que nos cria a impressão de longevidade e continuação é a capacidade de reconhecimento. Um dia, só sobrará quem lembre, mas nós já não. Depois, nem isso. Teremos sido a oportunidade fugaz de alguma felicidade e regozijo e o mundo não se vai importar demasiado com isso.

Eu sei que amo os livros porque eles são a demora do tempo. Mas queria que este não fosse uma contagem passando. Preferia que fossem as pessoas juntas. Também paisagens, água limpa, o sol, muitos livros, muitos quadros, muitos discos. Mangas, morangos, bananas, chocolates. Pássaros e cachorros pequenos do tamanho de bonecos que possamos embalar no colo. Que o tempo fosse o odor das maçãs verdes e o Leonard Cohen, a Elza Soares, o Johann Sebastian Bach e o Ney Matogrosso.

Mas o tempo conta coisas, não as junta. Separa gravemente. Ele enumera o respectivo desaparecimento de tudo. O tempo é a disciplina do desaparecimento. É um roedor. Devia ser ofensivamente declarado da família dos ratos, dos vermes, da ferrugem, das bactérias nocivas que apodrecem qualquer coisa.

Quando era menino, vivia numa casa do século dezanove que, para o meu tamanho e para o tamanho do meu assombro, era imensa. Havia lugares vazios, portas fechadas, um sótão sempre quieto como se fosse uns metros de chão à espera. Entrava no sótão e tinha a sensação de que as paredes olhavam para mim porque não havia mais nada para ver. Era um sótão fantasma. Tudo o que está vazio parece ser lugar de fantasma.

Vivíamos no interior, onde os invernos eram chuvosos, feitos de um frio sempre húmido e temporais constantes. A nossa casa ecoava nos seus vãos o ruído feroz desses invernos e as árvores punham-se em desespero. O meu pai jurava-me que as robustas macieiras não cairiam. Eu, de todo o modo, pousava pedras em redor dos troncos, sobretudo sobre as raízes que assomavam acima da terra, porque as pedras ajudariam as árvores a segurar o pé, o peso delas lutaria sempre contra o vento.

O meu pai perguntava porque me dava tanto medo que se perdesse alguma coisa, o importante era que não nos perdêssemos uns dos outros. Eu respondi que aquilo que nos rodeia nos identifica também, presentifica quem representa e está ausente. O meu pai disse: isso é a memória. Não é uma árvore, é a memória da árvore que vai ser fundamental na tua vida.

Eu não parei logo de colocar pedras sobre as raízes das árvores, mas percebi que estar em casa significava um reconhecimento mútuo entre as pessoas. É isso que tem a fortuna de sermos reconhecidos num grau de desarmada intimidade. Estamos de volta quando alguém acompanha a nossa história, quando alguém sabe de que árvore falamos. Se ninguém acompanhar a nossa história, a gente não volta porque não tem para onde voltar. Cada coisa acontece indiferentemente, como se fosse a primeira vez, todas as vezes sem registo, sem importância.

Por toda a vida fui muito impressionado pelas imagens do Sagrado Coração de Jesus. Ficam com o coração exposto, exactamente como símbolo de um amor infinito. Parecem lâmpadas acesas no peito, fazem do corpo um candeeiro. Eu acho lindas todas as metáforas da luz. Nós como bichos com luz própria, iluminados, acesos. Um homem aceso. Eu tenho em minha casa várias imagens do Sagrado Coração de Jesus, mas não preciso mais que Deus exista. Eu já aceitei que eu existo e que os outros existem também, e antes de acreditar em Deus estou certo de que a nossa obrigação é acreditar uns nos outros. Só depois de sermos gente de confiança podemos ter a arrogância de nos dirigirmos a Deus.

Parece-me isto uma razão suficientemente maravilhosa para que tenhamos criado tudo, todas as obras, todos os poemas, todos os santos e todas as musas, e a filosofia inteirinha, mais a impenetrável matemática e outras ciências. Nós somos tão incríveis que já valeríamos a pena só pela concepção dessa hipérbole que é Deus. Se ele não existir de facto, valeu muito a pena inventá-lo.

Ainda guardo objectos como uma galinha se põe sobre os ovos. Choco os objectos e espero deles seres incríveis e dialogantes, tangentes, que abracem. Eles são a revolta contra o desfasamento das épocas e das distâncias. Um objecto é sempre uma resistência. Mais ainda quando se trata de um livro. A obra sonha sempre juntar o criador com todos os seus interlocutores. A obra é uma utopia de absoluto contra tudo o que separa. Quer unir. Encho a casa de objectos porque quero unir as pessoas e os lugares que conheci e de que tenho medo de sentir falta.

Dois

Um dia, avisaram que poderíamos exumar o corpo do meu pai e trasladá-lo para a sua sepultura definitiva. Acreditávamos tanto na eternidade que, mesmo quando ele ficou doente, não pensámos na morte e não entendíamos direito assuntos de cemitério. Quando lutamos por alguém, estamos a exigir que tudo diga respeito à vida. Conceber a morte parece um sinal de desistência.

Por causa disso, o meu pai ficou emprestado a uma terra e poderia mudar-se apenas depois de anos. Anos passados, eu e o meu irmão fomos medrosamente acompanhar o serviço da escavação e da abertura do túmulo.

Eu vira esqueletos na escola. Estava um na aula de Ciências. Era verdadeiro. Não devíamos mexer-lhe e havia quem rezasse quando precisávamos de estudar os ossos. Eu achava que esqueleto de escola era menos morto. Devia ser ainda feliz porque habitava o quotidiano da sociedade. Eu sentia espanto, mas não exactamente medo. Só dava medo se ficasse sozinho na sala, coisa que penso nunca ter acontecido.

Conheço um homem, o sogro da minha irmã mais velha, cujo pai morreu no tempo da gravidez. Quando o sogro da minha irmã nasceu, já o seu pai não existia, o que fez com que os dois nunca se tivessem visto ou tocado. Um dia, trinta anos depois, por algum motivo exumaram o corpo e estenderam os ossos limpos ao sol. O senhor João tomou nas mãos o crânio vazio do pai. Foi a primeira e única vez que aqueles dois homens se tocaram e, de algum modo, se entreolharam.

Não pude deixar de pensar se tocaria assim no meu pai. Parecia que ia ao seu encontro, mais do que responsabilizar-me pela sua trasladação, parecia que eu e o meu irmão seguíamos ao seu encontro para conversarmos e sabermos, afinal, coisas acerca dos afazeres dos mortos, que compromissos teriam, com que pressa existiam, se eram minimamente dotados de paz. Eu mantinha na cabeça a história da memória das árvores. Pensava em como seria verdade ou mentira a necessidade de manter apenas a memória. Se eu ainda lembrasse muito o meu pai, seria possível que vê-lo tornado esqueleto me parecesse normal. Essa era a questão. Poderia aquele esqueleto ser ainda a memória bastante do meu pai, ao ponto de eu sentir que tinha mais um dia com ele, um maravilhoso e inesperado dia extra.

Percebi mais tarde que as pessoas levam toalhas de linho para estas ocasiões. Chegam a bordar luxuosamente, desimportadas com o facto de os bichos comerem tão demorada criação. Eu e o meu irmão somos muito burros. Nós não levámos nada. Os senhores do cemitério tinham apenas um cesto de vime velho e sujo e era ali que transportariam, desarrumadamente, o meu pai. O meu pai ia ser um cesto de conchas, como conchas apanhadas vazias no mar.

Até hoje contei quase nunca sobre este assunto, porque sinto que ainda não o sei contar. Mas este assunto define muita coisa na minha vida. Ele coloca tudo o que faço numa certa perspectiva. Tudo é urgência e tudo é pouco. A única oportunidade de abundância diz respeito ao afecto e à estranhíssima grandeza da partilha.

Um homem disse, depois de escavar e retirar folhas de madeira molhada como se as rasgasse de um livro comprido, que não era possível o traslado. Por causa da humidade do terreno, o corpo ainda estava presente. Eu olhei atónito. Vi apenas uma espécie de massa muito negra, como um lago de óleo parado. Eu respondi que não sabia o que estava a ver, era senão uma tralha negra, meio terra e água. Uma terra negra, quase impossível de se deixar ver.

Subitamente, o homem passou as mãos por debaixo dos sovacos do meu pai e ergueu o corpo dele no ar. Era como separar uma terra de outra terra. O meu pai não tinha mais cabeça, não tinha mãos nem pés. Reparei então nos sapatos afundados. Estavam como novos. Eu mesmo os havia comprado para que lhos calçassem. O homem sorria. O casaco do meu pai estava entreaberto, a camisa branca desaparecera. Os bichos tinham comido a camisa.

Estava um sol intenso. Eu e o meu irmão emudecemos. O corpo foi pousado de novo e dava então para perceber melhor os contornos do corpo. Havia um desenho que se definira. Lembro-me do esforço feito para tornar cada instante em algo convencional, que é o mesmo que dizer, tornar cada instante em algo humano. Simplesmente humano. Mas o que acontecia ali ia muito para lá do que esperávamos. Eu pensei que a minha memória não encontrava um paralelo entre o meu pai e aquele resto de corpo. Não era assim que o lembrava, não era como o queria lembrar. Parecia que o diálogo entre nós tinha sido ferido. Agredido. Depois, pensei melhor. As árvores em torno da nossa antiga casa foram abatidas, a casa também, mas isso não as poderia retirar do cômputo dos nossos afectos. Aquilo que desapareceu pode ficar para sempre dentro do amor.

Alguém perguntou se eu queria levar comigo um dedo, um pedacinho de osso do dedo. Era como uma relíquia. Algo para colocar dentro de um vidro com rendas douradas. Eu disse que não. O amor também é a memória. O tempo, por mais cretino que seja, não vai nunca vencer essa evidência. O amor não é um bocado de dedo e não é o perecível corpo. A gente ama por dentro. Por fora só ama quem não entendeu nada. Eu sei que transcendo e eu sou em parte o meu pai. O tempo não vai humilhar o meu pai assim tão depressa.

Educar o regresso

Voltar a casa depois de uma ausência mais longa traz sempre certo luto. Ínfimos detalhes se alteram e as coisas que se contam ficaram perdidas sem verdadeira partilha, são histórias que nos dividem, por mais que queiramos deter o testemunho de tudo quanto diga respeito aos nossos. Os nossos, à distância, são abreviações. São simplificados. As conversas telefónicas perdem o grão rigoroso de cada imagem. Dizem sobretudo o essencial e nunca lembram que todos, absolutamente todos, nos vemos impedidos de recuperar o que escapou à nossa presença. A lonjura é uma matança. Pode bem gerar novas identidades, outros dentro de nós tão ou mais férteis, tão ou mais felizes, mas a lonjura termina pouco a pouco quem éramos e quem nos eram os que amamos.

A viagem é uma necessária infidelidade. O quanto nos motiva ou agride acontece pela excepção em relação a todas as rotinas, todos os hábitos e compromissos. Tudo se adia, suspende, e o viajante inventa seu novo indivíduo com o que lhe parece ajuizado pelo prazer e, mais ainda, pela sobrevivência. Estar longe redobra a atenção à sobrevivência. Comer sem morrer, passar na rua desconhecida sem morrer, moderar com qualquer pessoa que nunca vimos sem morrer. Tudo quanto desconhecemos nos pode matar, porque estamos fora de seus códigos e não cabemos em seus afectos. Somos intrusos mais ou menos amáveis. Queremos replicar, tanto quanto seja possível e prudente, o que temos em casa, nossa constelação de amores e amizades, nossa rede de trabalho, um sistema que nos coloca em legítima expectativa de que tudo segue seguro e benéfico.

Ainda assim, o regresso implica o luto e pede a capacidade de ressurreição do fundamental. Até que nos vejamos na aparência da mesma normalidade, como se nada nos houvesse escapado, à força de reconstruirmos o sentimento de sermos dali, de uma casa e de um grupo de gente que queremos amar.

Quando regresso, com a alegria meço também o que perdi. Uma ruga mais acentuada no rosto dos meus velhos. Uma palavra mais elaborada na boca das minhas crianças. A notícia dos vizinhos que foram ou que nunca mais vieram. Tudo é prova de passar. No regresso de uma longa viagem, aquilo que mais reparo é em como o passado aumenta, gordo e mais gordo às nossas costas, que dobram pelo peso e pela saudade que só sabe multiplicar.

Ter um menino

Agora, dizem-nos que temos um menino no Céu e que ali é como a terra de Alice onde tudo diverte e educa. O nosso menino passará os dias a detectivar e deitará às noites exausto e feliz. Deve andar com o avô, que o ajudará a ser paciente e a esperar por nós. Dizem que os meninos no Céu são todos felizes e esquecem o sofrimento, talvez nem saibam da saudade porque há tanto para brincar e tudo distrai. O Céu é tão confundido com o lugar das nuvens que, nos dias encobertos, fico a pensar se não vai por ali a sua casa, de onde espreite à janela a ver-nos também. Os dias encobertos costumavam ser imprestáveis, agora acentuam nossa esperança de trazerem alguma mensagem na sua pouca luz, no pesado de seu semblante.

Termos um menino morto também é como carregar um osso de cristal. Cintila de beleza, mas ameaça partir ao movimento ínfimo de que formos capazes. Pensamos que a quietude é o melhor. Até que, inteiros, também petrifiquemos nesse sentimento transparente.

Quando o cão me vem ao colo, pedindo umas festas nas orelhas, olha para mim com outra profundidade. Sabe que algo se separou, os braços do peito, o sangue do peito, a fome. Tudo se separa algum dia. E o cão avista. Somos nas margens que já não se detêm para o que navega. Navegam as margens, largadas de seus pés, mundo fora sem sentido. Agora, como temos um menino morto, despedimos os continentes e só há bocados de pátrias por conquistar onde mais o que é silvestre habita e nós lembramos de ser selvagens, convictos de morder e também morrer.

Acabaram as obras na minha casa e o que vejo é sobretudo como me fechei. À ventania que passa pela aldeia pressinto a visita única. Os meus amigos não são daqui. Pus-me sozinho mais do que imaginei. As pessoas que nos abandonam esvaziam a casa. Não jantamos. Comemos de pé, talvez a ver para longe como quem ausculta o lugar de partir, e não há encontro. Alguém me conta que a minha casa tem mais de quatrocentos anos e que todos os nobres por ali foram a caminho de castelos e palácios. Com as facas, corro os espaços em silêncio para matar ideias e fantasmas. O nosso menino no Céu talvez aponte o caminho e empurre reis e nobres para a lâmina que empunho. Na casa, por medo, há muita coisa para matar de vez. As casas têm sempre muita coisa para matar e para morrer. O vazio está cheio dessa caça que não conseguimos ignorar.

Amigos e doenças

Agora, os amigos são cheios de estragos, não podemos contar com eles para um qualquer dia, tudo é deitado à sorte, uma trégua pela qual rezamos. Apanham-nos as doenças e o cansaço extremo, a lentidão maior e o frio ou a barulheira nos lugares. Tudo contribui para nos apartar, metidos em casa cheios de saudades e incapacidade para exercer algum tipo de companhia. Somos todos à distância. Como condenados a uma pena que aumenta. Um dia, como sabemos, entraremos na morte sem ninguém. A morte é íntima. Não admite plurais.

Os amigos tentam coordenar-se entre as aflições, com vontade de encontro e passeio, mas parece haver sempre alguém que não passa nessa porta cada vez mais estreita da sorte. As nossas festas, os jantares em que finalmente nos pomos a refilar de tudo, gastam-se também a lamentar por quem não conseguiu vir. Por quem se morde em casa de mais um ataque, um trambique no corpo. Os ausentes aumentam de tamanho. Agigantam. Os que adoecem e os que morrem. Os que morrem podem ter o tamanho do mundo inteiro. Porque faltam mesmo quando estamos no Japão, dentro de África ou na clausura de nosso quarto, convencidos de não poder entrar ninguém.

Os que morrem faltam em toda a parte e até no que dizemos, porque temos medo de dizer seus nomes, que pousam nos lugares como animais perplexos. São nomes que, também dependendo da sorte, nos podem devorar com suas novas forças de leão. Muitos dos mortos são, afinal, animais selvagens. Escavam pela terra, chegam pela fundura, levantam pelo ar, sabem ficar nas copas das árvores, trazem muito seus alimentos à boca, vertem sangue das presas, encaram nossa súplica sem parecer mais entenderem nossa condição ainda não consumada na eternidade.

Os amigos vão apartando e as nossas maneiras mudam para graças mais pequenas porque qualquer benesse é uma graça descomunal. Sinto que somos convidados a maturar como madraços, encostados numa proibição ou adiamento que não quer mais nada. Nós, que ainda queremos tudo, aguardamos como quem aguarda uma estação do ano. Apenas uma para servir. E tudo o resto é posto na esperança, na paciência, a alegria digerida em bocadinhos ínfimos, dia a dia, para nos estimular a molécula do tempo.

Eu nem vou à janela. Desgosto de ver a normalidade, ainda que me conforte saber da alegria dos outros. A janela tornou-se uma espia para o impossível, mostrando as pressas que já não consigo ter, mostrando outro tempo, um feito de tudo como se houvesse lugar para tudo. Nós, agora, passamos por onde os lugares encolhem. E as janelas deviam deitar para dentro das casas de quem amamos e não podemos encontrar. As janelas, como os fantasmas, deviam mudar de dimensão, para espiarem o que se nos afasta e o que se nos morre. Onde vai o afecto. Onde vamos bocado a bocado.

Tenho saudade das pessoas. Sinto-lhes a falta entre vida e morte, a tremenda idade em que se vê tudo em fuga e despedida. O que ainda se faz é tudo ao pé de acabar, mesmo que não devessem acabar as pessoas sem cumprirem o essencial. A mim e aos meus amigos, o essencial está na boca do animal selvagem que nos assombra. Rugindo de bravo e desabitado de vocabulário. Um louco que procura resgatar companhias sem que tenhamos corpos para lhe coincidir no fumo impreciso do espírito.

Vou na segunda gripe estranha do ano. Metido na cama e medricas. Quando adoeço, faço um drama. Tenho um livro por escrever e aquilo que ameaça o que ainda não escrevi merece o meu profundo desprezo. Tenho fé nos fármacos. Tomo os comprimidos a pensar que pontuo um texto. A pontuação do dia ajuda a respirar. É o que devemos fazer nas vírgulas e nos pontos finais, devemos respirar. Enquanto assim for, a cama é um veículo de estar a caminho. Dirijo-me para o futuro. Não tardarei.

No futuro, se eu puder, vou ser também selvagem, mas dócil. Adoraria que o futuro me educasse para ser forte e em paz. Um animal calmo que reparasse apenas no suave das coisas, igual a quem não tem sequer conceitos terríveis, não passou por nada que passei, não perdeu ninguém. No futuro, se eu puder, serei de cor exuberante e estarei na sombra clara, sem ferir, à espera de ser lembrado para saber regressar a casa.

Feliz Natal

Mesmo debaixo de chuva, nos campos já alagados, ia uma mulher velha de galochas a mexer numas poucas coisas do chão que eu não distingui de um mato ralo. Vi-a quando passava para chegar a casa e fiquei perplexo ao vê-la, uma hora depois, saindo de novo a caminho do Porto. Mantinha-se calma na paisagem gigante, o campo gigante enlameado. Prosseguia sua tarefa miúda e estranha, igual a procurar na vastidão um anel caído ou uma moeda.

Mais de um mês depois, nas chuvas de dezembro, a mulher velha voltou a estar ali no mesmo ofício. Os pés metidos numas galochas grandes e os olhos à procura. O campo todo sem nada muito crescido, apenas uma erva rasteira que me parecia inútil e sem mistério. Como andava pela berma da estrada, encostei o carro e fui meter conversa. Inventei que procurava a igreja e não conhecia o caminho. E ela logo me perguntou: o senhor comprou aquela casa ao pé da igreja e ainda não lhe viu das janelas a torre.

Estou careca de saber onde fica a Igreja de Faria, vejo-a nas imediações da minha casa. Às vezes, aos domingos, tenho a impressão de que lhe põem umas colunas a tocar música de gosto duvidoso que não me deixa sossegar nem prestar atenção aos madrigais que prefiro. Quando a mulher me identificou, senti uma vergonha súbita de me estar a meter na sua vida e assumi de imediato. Confessei que parei para saber que faz em tão bizarra canseira. Que procura. Que lhe caiu. E ela tanto me falava quanto continuava. Tinha uma pressa por dentro.

As chuvas de dezembro subiram as águas nos campos mais baixos. O alagado mete algum medo. Eu ainda lhe perguntei se não havia perigo de cair em alguma funda que se abrisse sem mais nem menos. A terra toda esboroa e alui, o chão tem acidentes, não é direito. O corpo de uma velha tombado pode bem aninhar-se invisível num pouquinho de mato. Ninguém a veria para poder ajudar. E a senhora explicou: isto é para o meu Natal. É uma coisa do Natal.

Era sem sentido, para mim. Que a mulher visse palmo a palmo o alagado do campo para acudir ao Natal, não entendi. E ela não quis logo explicar melhor. Balbuciou umas desculpas aborrecidas, uma melancolia qualquer, e esperou que eu ficasse calado. Mas, agora, tinha a impressão de alguma tristeza e não aguentei sem insistir. A senhora, então, disse: caiu-me do bolso uma carta do meu filho e eu queria apanhá-la, nem que só um bocadinho branco do papel.

Depois que emigrou, o filho ficou sem corpo. Está à distância de um oceano e de seis anos. Seis anos que não lhe toca. A carta, dizia, trazia um bocado de cheiro. Era para juntar ao nariz e à boca quando lhe falasse por essa câmara da Internet. No Natal, dizia ela, a carta, nem que só um bocadinho, ia estar à mesa para imitar uma companhia a consoar.

Podia ser que a carta ainda boiasse. Podia ser que se tivesse desfeito em bocados e um só bocado pudesse esperar naquela erva ou água, lavadinho e fraco, mas precioso como um filho. De quem não se quer perder um instante.

Eu não sei que foi desta mulher. Mas, hoje, para o meu Natal, bastaria que as pessoas que se amam não se desperdicem. Que se lembrem de que termos quem amar é o mais puro privilégio.

Despedir

Vou viajar e ocorre-me a estranha ideia de passar na terra onde está o meu sobrinho como quem se despede. Não sei o que pensar. O que me leva a despedir dos mortos, quando não gosto de rituais de lonjura, é algo que não entendo por inteiro. Ainda assim, quero passar naquela terra como se lhe fosse dizer que não se trata de um abandono ou que talvez tema ir ao seu encontro.

Viajo sempre à pressa, quero dizer, odeio despedidas e faço de conta que voltarei igual, sem claudicar nas atenções e sem perder memória. Saio como se já nos encontrássemos amanhã. Odeio dramatizar o que se paga com a distância e com o medo de sermos impotentes numa urgência. Vivo à espera das urgências. Sou igual à minha mãe. Tudo me assusta e tenho sempre pouca confiança na sorte. Conto comigo e não costumo contar com os outros. Prefiro receber tudo por extraordinário. Qualquer atenção é uma dádiva inesperada que me deixa grato.

Passar num túmulo para poder viajar depois solicita de mim um diálogo para o qual não encontro a primeira palavra. Não sei o que estarei a dizer à nossa criança morta. Não imagino o que me responderia. O que teria o menino para me responder a mais uma partida. Sinto, talvez, que para viajar devo estar perdoado. E adianta pouco o perdão dos vivos, que não dimensionam o tamanho de nossas falhas e anseios. O perdão dos mortos é esclarecido. Tem a informação de Deus, sabe tudo, inclusive o quanto nós mesmos não sabemos. Penso que os mortos se abrem sobre nossas cabeças igual a habitações, habitamos-lhes as almas, certamente, mediados por eles com o mundo, nem o sol nos é inteiro sobre o corpo. Os fantasmas abrigam, amenizam as matérias, partilham seu espírito como se diluídos no que somos.

O fantasma da minha criança vai comigo em viagem. Entendo agora que talvez me chegue ao pouco de terra onde o deitaram para lhe explicar que vamos para longe, levantados num avião para lá do oceano. Como obrigatoriamente o levo comigo, subirá da terra em parte e fará cada gesto que faço eu. O que dizemos aos mortos é sempre o mesmo, que estão connosco. Mesmo que nos queiram largar, que nos desprezem, que nos esqueçam. Abrimos-lhes os fantasmas sobre a cabeça, afinal, obrigamo-los a ser abrigo e habitamo-los. Somos ocupantes. Não há sinal de um convite, de uma permissão para entrar. Intrusos, atravessamos seus espíritos para os sujar ainda de nossas dores e ignorâncias, de nossas mágoas e zangas.

Os mortos são casas que arrombamos sem respeito.

E usamo-los como um qualquer utensílio à medida de nossa aflição. Como lhes imaginamos a correspondência, imaginamos que vão anuindo a cada ideia que temos para eles, somos como os pais que decidem o melhor para os filhos. Os meus mortos andam ao serviço de minhas falhas porque os quero virtuosos a colmatar quanto me falta e quanto não sei. Uso-os como escoras de meu edifício para que eu não tombe diante dos abismos em que me instalo. E os mortos são também sob meus pés mais vigorosos do que ferro e cimento, são mais do que pedra, e eu quero pensar que jamais deixarão que eu caia. Obrigo-os a intercederem por mim e não acreditarei que me abandonam. Os meus mortos são os melhores, não porque eu mereça, mas porque me entenderam.

Aliás, explico-me constantemente. Não faço outra coisa senão isso. Estou no permanente tribunal onde uma voz pressentida me questiona sobre minha boa-fé. E eu discurso sobre a boa-fé dia e noite. Sem sono profundo nem vigília absorta. Estou atento. Respondo como quem caminha entre arriscando perder-se. Estou como nos filmes de dragões e cavaleiros. Se respondo errado, tombo à caldeira cujas labaredas me vão lambendo os pés. E eu mantenho a calma possível para negociar com os meus mortos a oportunidade de passar. Seguir caminhando até onde um pouco mais de chão me permita sentar, descansar sem maior susto, sem mais nada. Apenas a beleza de ainda amar.

Voltar ao livro

Com a idade, invento qualquer desculpa para me irritar. Estou todo ao contrário daquilo em que acredito e que defendo. Apregoo um envelhecimento pacificado, consciente, todo feito de aceitação e alegria pelo que ainda há, mas envelheço estupefacto, nada satisfeito com os vieses do corpo e com o resto de paciência que me morre. Estaria tudo muito bem se isto valesse apenas para a cidadania, essa coisa de sobreviver e desempenhar funções inelutáveis. O problema é que esta folia, pelo que me altera, inventa tiques e manias para o ritual da escrita, o que faz com que a cada livro me dificulte mais e mais o exercício, sendo necessário que nasçam mil gatinhos a cada manhã para que eu sinta que estão criadas as condições para me sentar diante do meu livro novo.

Não faço ideia de como haverá isto de ter acontecido, mas é bom de ver que há qualquer descontrolo da ansiedade e um pretexto constante para protelar, o que deve ser dificuldade em aceitar a falha e querer que os livros venham do impossível. Que é sempre onde estão no início.

Qualquer silêncio ou ruído me alteram, os quadros na parede, os objectos pousados por aqui, as chaves que esqueci de deixar na entrada da casa, o ensaio que ficou na cama e que cismei ler às quatro da manhã, os chinelos que começam a entortar do uso, o sol que me aquece as persianas fechadas. Tudo pode ser o bastante para que repense o lugar. Talvez seja melhor levar o computador para o ateliê, sair de casa, comprar água e pão, ir ver como me irritam mais ou menos as coisas todas ali. Depois, tenho sempre a impressão de que escrevo melhor em fuga. Quando não estou onde conheça. Quando arrendo uma casa onde nunca vivi e me deparo com um certo vazio, aquele ar de decoração mínima onde se pousam conchinhas do mar com nós em cordas brutas nos aparadores da sala ou ao centro da mesa de jantar.

Comentava com amigos que ando a coleccionar chiliques destes. Costumava rir-me um bocado daqueles pintores que só levantavam a mão se o pincel fosse de pelo de búfala rosa caçada nas montanhas dos castelos encantados da Irlanda. E as tintas feitas de sangue de arco-íris das primaveras da Patagónia. Os artistas mais velhos desenvolvem suas frescuras talvez porque a passagem para a obra de arte seja cada vez mais estreita ou porque já não aceitam qualquer desvio em relação ao que imaginam colher. É como entrar num lugar onde se estará apenas por um instante e precisar de ver tudo, igual aos jogos de atenção. É urgente ver tudo num só olhar. Sem isso, a capacidade para detalhar o livro desaparece. E os artistas mais velhos não suportam que o mundo não conspire a favor deles. Andamos sempre a pedir sossego. Mas o sossego é algo substancialmente interior. É mais apanágio das nossas forças do que da generosidade de alguém. Assim, a falta de sossego é um cansaço nosso, eventualmente uma coisa que a idade problematiza. Talvez seja uma acusação. Uma denúncia que nos fazemos a nós mesmos.

Ou é o frio ou é o calor. Ou está uma chuva parva que nos deprime ou está um sol tão bom que nos diz que toda a gente se ri no café a portar-se com a normalidade alegre dos espertos. Escrever um livro é sempre extemporâneo. Atentos ao nascimento dos gatinhos, estamos como a tentar ouvir para a décima casa vizinha, já depois da esquina, da qual avistamos só um arrebique da chaminé. Estamos a espiar o depois de cada coisa. A caminho de onde não se caminha. Como numa entrega de fé, mais do que ao discernimento concreto do que serve à vida.

Por estes dias, regresso sobretudo à música de Haendel, ou Vivaldi, penso que estou numa casa de Álvaro Siza, habito uma luz educadíssima e bebo água sem mais fome nem mais pressa. Penso que existo numa ideia antiga que pessoas calmíssimas terão deixado ao mundo. Sou essa ideia dessas pessoas mortas e generosas. Só tenho de esperar entender essa ideia. Deixá-la intensa, não para saber que livro escrevo. Mas para saber quem sou. E, então, escrevo.

Obras de Valter Hugo Mãe

a idade inteira, romances
o nosso reino, 2004
o remorso de baltazar serapião, 2006
(Prémio José Saramago)
o apocalipse dos trabalhadores, 2008
a máquina de fazer espanhóis, 2010
(Prémio Portugal Telecom / Prémio Oceanos)

Irmãos, Ilhas e Ausências, romances
A Desumanização, 2013
Homens Imprudentemente Poéticos, 2015
As Doenças do Brasil, 2021
Deus na Escuridão, 2024

A Proximidade Autobiográfica, romances
O Filho de Mil Homens, 2011
Contra Mim, 2020 (Grande Prémio de Romance e Novela da Associação Portuguesa de Escritores)

O Texto Infinito, ficções curtas
Contos de Cães e Maus Lobos, 2017

Escola É Casa Aberta, não ficção
Educação da Tristeza, 2025

A Labareda Plástica, livros ilustrados
As Mais Belas Coisas do Mundo
O Paraíso São os Outros
Palavras Bonitas Sobre Contas
Serei Sempre o Teu Abrigo
A Minha Mãe é a Minha Filha

Este livro, composto na fonte IvyPresto Text,
foi impresso em pape Pólen Soft $70g/m^2$, na Geográfica.
São Paulo, Brasil, agosto de 2025.